Conversa na Sala

Livros da autora publicados pela **L&PM** EDITORES:

Cartas extraviadas e outros poemas – Poesia
A claridade lá fora – Romance
Coisas da vida – Crônicas
Comigo no cinema – Crônicas
Conversa na sala – Crônicas
Divã – Romance
Doidas e santas – Crônicas
Felicidade crônica – Crônicas
Feliz por nada – Crônicas
Fora de mim – Romance
A graça da coisa – Crônicas
Liberdade crônica – Crônicas
Um lugar na janela – Crônicas de viagem
Um lugar na janela 2 – Crônicas de viagem
Um lugar na janela 3 – Crônicas de viagem
Martha Medeiros: 3 em 1 – Crônicas
Montanha-russa – Crônicas
Noite em claro – Novela
Noite em claro noite adentro – Novela e poesia
Non-stop – Crônicas
Paixão crônica – Crônicas
Poesia reunida – Poesia
Quem diria que viver ia dar nisso – Crônicas
Simples assim – Crônicas
Topless – Crônicas
Trem-bala – Crônicas

Martha Medeiros

Conversa na Sala

L&PMEDITORES

Texto de acordo com a nova ortografia.

As crônicas deste livro foram originalmente publicadas nos jornais *O Globo* e *Zero Hora* de fevereiro de 2018 a abril de 2023.

Capa: Marco Cena
Preparação: Jó Saldanha
Revisão: Patrícia Yurgel

CIP-Brasil. Catalogação na publicação
Sindicato Nacional dos Editores de Livros, RJ.

M44t

Medeiros, Martha, 1961-
 Conversa na sala / Martha Medeiros. – 1. ed. – Porto Alegre [RS]: L&PM, 2023.
 256 p. ; 21 cm.

 ISBN 978-65-5666-382-1

 1. Crônicas brasileiras. I. Título.

23-84382   CDD: 869.8
                  CDU: 82-94(81)

Gabriela Faray Ferreira Lopes - Bibliotecária - CRB-7/6643

© Martha Medeiros, 2023

Todos os direitos desta edição reservados a L&PM Editores
Rua Comendador Coruja, 314, loja 9 – Floresta – 90.220-180
Porto Alegre – RS – Brasil / Fone: 51.3225.5777

Pedidos & Depto. Comercial: vendas@lpm.com.br
Fale conosco: info@lpm.com.br
www.lpm.com.br

Impresso no Brasil
Inverno de 2023

Sumário

Mais do mínimo 11
As minúcias 13
Relações curtas 15
Dois minutos de ontem à noite 17
Me deixa quietinho aqui 19
O luto morreu 21
As músicas inofensivas e as dilacerantes 23
Ponha seu amor no sol 25
Adoráveis malucos 27
A fome 29
O amor dá certo até quando dá errado 31
Que coisa é essa? 33
Meu vestido de noiva preto 35
As bolhas 37
Devolva-se 39
Comércio online 41
Dê livros de Natal 43
O ronco 45
O mais perto que cheguei do céu 47
Que bom que ninguém é feliz para sempre 49
Stand up: levante-se 51
Morrer de causa natural 53
Apartheid 55
Cabelo verde 57

Intimidade de faz de conta 59
Se Deus fosse consultado 61
Perder a vida 63
Do ataque de nervos ao ataque de risos 65
Só lembro que foi bom 67
Apenas mudam de endereço 69
Ler por quê? 71
Os invisíveis 73
Jejum salva 75
Depois que ela se vai 77
Bom dia pra você também 79
Um projeto de passado 81
Artista é tudo porra-louca 83
Dezoito cartas extraviadas 85
Como é que diz? 87
Quero me demorar 89
Mil coisas 91
Parar a tempo 93
Proteção à família 95
Um amor clandestino 97
O que faz as coisas darem certo 99
Joker 101
Vida de artista 103
Darín 105
Assim é a vida 107
A pontualidade e o amor 109
Depois que as luzes se acendem 111
Monteiro e Machado 113
E se em vez de falar de Natal 115
Os filhos do mundo 117
A noite inteira 119

A árvore e a ausência 121
Incoerência 123
Salvos pelo atraso 125
Amigos imaginários 127
Uma questão de habituar-se 129
Em comum 131
Você não pode ter sempre o que quer 133
Levemente pirados 135
Live 137
Boletim de ocorrência 139
Precisamos respirar 141
As fake news do amor 143
Sublinhados 146
A vida e o tempo 148
In natura 150
Assim como nós perdoamos 152
Vai, amor 154
O dilema das redes 156
As mulheres vão embora 158
Obrigada aos meus dias ruins 160
Nosso caso de amor impossível 162
Deixando de seguir 164
Brinquedos 166
A montanha que escalamos 168
Adorável esquisitice 170
Mães solo 172
Um minuto de silêncio 174
Os chatos necessários 176
A influência paterna 178
Não basta falar em Deus 180
Faxina literária 182

Festa de um 184
Sua estupidez, Brasil 186
A quem encontrou a carteira que perdi 188
Carta aos Beatles 190
Quem está *on*? 192
Duas horas de presente 194
O dia fatal 196
Boa porcaria 198
Não é fácil mergulhar 200
Um novo olhar 202
Make love 204
Onde foi parar minha vida? 206
O direito ao sumiço 3 208
Silêncio em movimento 210
Reconhecimento 212
O lado sadio da doença 214
Uma escolha fácil 216
O amor de estranhos 218
Avalanche de existência 220
A melhor droga do mundo 222
Amor é o jeito 224
Ideal de destino 226
Esquerda caviar 228
Não é apenas uma casa 230
Conversa na sala 232
As novas cerimônias de casamento 234
Sem medo de errar 236
Pernas pra que te quero 238
O vestiário japonês 240
Se eu quiser falar com Gil 242
Goleiros 244

Todo santo dia 246
Com *h*, *y* e sem acento 248
Dane-se o sorvete 250
Presente e perplexa 252
Todos ficarão bem 254

MAIS DO MÍNIMO

Tenho uma amiga que mora na Europa há anos. Vive com a filha num apartamento de frente para um parque, tem um carro, um emprego e um namorado. Em tese, ela não tem do que se queixar, mas conversávamos outro dia sobre o que significa estar "tudo bem". Para ela, "tudo bem" é experimentar novas formas de existir. Normalmente, a gente assina um contrato de locação de um imóvel, se acostuma com a mercearia da esquina e, quando vê, está enraizada num estilo de vida que se repete dia após dia, sem testar nosso espanto, nossa coragem, nossa adaptação ao novo. Humm. O que você está inventando? perguntei a ela.

– Vou morar num barco.

Ainda bem que eu estava sentada. Pensei: "Essa garota é maluca". E logo: "Que inveja".

Tenho zero vontade de morar num barco. Minha inveja foi do desapego e da facilidade com que ela escreve capítulos surpreendentes da sua biografia. "Tenho coisas demais, Martha. Livros demais, roupas demais, móveis demais. Está na hora de viver com menos para poder redefinir o significado de espaço, tempo, silêncio." O gatilho da nossa conversa foi o documentário *Minimalism* (disponível na Netflix), que escancara a estupidez do consumo compulsivo, como se ele pudesse preencher nosso vazio. Vazio se preenche com arte, amor, amigos e uma cabeça boa. Consumir feito loucos só produz dívidas e ansiedade.

Temos perdido tempo, nas redes sociais, criticando o bandido dos outros e defendendo o nosso, sem refletir que o caos político e social tem a mesma fonte: nossa relação doentia com o dinheiro. O conceito de "poder" deveria estar associado à gestão do ócio, às relações afetivas, ao contato com a natureza e à eficiência em manter um cotidiano íntegro, produtivo e confortável (nada contra o conforto). No entanto, poder hoje é sinônimo de hierarquia, acúmulo de bens, ostentação e lucratividade nonstop. É por isso que, para tantas pessoas, é natural incorporar benefícios imorais ao salário, ganhar agrados de empreiteiras e fazer alianças com pessoas sem afinidades, mas que um dia poderão vir a ser úteis.

A sociedade não se dá conta do grau de frustração que ela mesma produz. Continuamos cedendo a impulsos. Certa vez, eu estava na National Portrait Gallery, em Londres, quando, na saída, passei pela loja do museu e percebi, ao lado do caixa, um aquário de vidro cheio de latinhas à venda, pouco maiores que uma moeda. Era manteiga de cacau sabor chocolate & mint. Sem hesitar, comprei uma latinha e trouxe-a comigo para o Brasil: hoje ela reside na bancada do banheiro, intocada, para me lembrar de como se pode ser idiota – eu estava dentro de um dos maiores museus do mundo e mesmo assim fiquei tentada a comprar a primeira besteira que vi. O exemplo é bobo, mas ilustrativo de como certos gritos ecoam dentro de nós: Compre! Leve! Aproveite! Você nunca mais será a mesma depois de usar a triunfante manteiga de cacau da National Gallery!

O único excesso que preciso é de consciência – para não me deixar abduzir por essa forma cosmética de dar sentido à vida.

18 de fevereiro de 2018

AS MINÚCIAS

Todos sabem: chato é aquele que, ao ser perguntado se está tudo bem, não consegue responder simplesmente que está. Ele acha que a pergunta foi pra valer, então discorre sobre tudo o que tem passado e sobre sua desesperança na humanidade. Como avisá-lo, sem que ele se sinta ainda mais deprimido, que foi apenas um cumprimento e nada mais?

Minúcias a gente guarda para o nosso advogado. Ele certamente vai precisar delas para nos inocentar.

Minúcias podem ser reservadas também para a família, já que nossos pais e filhos adoram saber o que aprontamos, aqueles segredos que só podemos contar depois que o crime prescreveu e tudo vira piada.

Por fim, minúcias são bem-vindas em livros, na defesa de teses e em consultas médicas. Em nenhuma outra situação que eu me lembre. Nem mesmo (e principalmente) em conversa ao pé do ouvido com seu amor. Não quebre o clima levando a conversa para muito longe de onde vocês estão.

Ao telefone, evite. Seu neto se machucou na escola? Tadinho. Pule rápido para a parte em que ele se recuperou e ficou tudo bem. Adote a presteza do WhatsApp. O quê? Você discursa pelo WhatsApp? Chegou de que planeta?

Minúcias em festas, nem pensar. Alugar um convidado com uma história comprida é uma inconveniência. As pessoas querem circular e dançar, jamais saber detalhes da sua operação no joelho. Você não operou o joelho? Acabou de fazer o caminho de Santiago de Compostela? Ótimo, condense a odisseia em três minutos. Quatro, se foi tão fantástico assim. E troque para outro assunto, a não ser que seu ouvinte pegue você pelo braço, leve-o até um canto e implore pelos pormenores.

Quando estamos falando sobre nós mesmos, é quase incontrolável fazer uma retrospectiva detalhada das nossas experiências, mas lembre-se que a maioria das pessoas prefere o compacto dos melhores momentos. É mais que suficiente.

Entendi, você não está falando sobre si mesmo, e sim sobre seu primo que foi casado com não-sei-quem, que ele conheceu numas férias não-sei-onde. Você está falando do seu professor de matemática da quarta série que tinha propensão a ter acne. Você está falando da sua tia-avó falecida que fazia deliciosos bolinhos de chuva. Você está falando de pessoas que não tivemos a honra de conhecer – e falando por horas, sem que a história empolgue. Não se magoe, mas tente lembrar se você não teve um primo que ficou preso no elevador com a Madonna, uma tia-avó que traficava maconha dentro dos bolinhos de chuva, um professor que foi preso político. Se não teve, invente.

Conversar é uma delícia. Trocar confidências. Falar de sentimentos. Opinar sobre o mundo. Dar dicas culturais. Narrar aventuras. Contar episódios divertidos a tarde inteira, a noite inteira. Mas se o assunto for de uma banalidade extrema, não especifique demais. A gente ama você, mas ninguém está com tanto tempo sobrando.

25 de fevereiro de 2018

RELAÇÕES CURTAS

Quando anunciei para uma amiga o fim de um namoro, a primeira pergunta que ela me fez (a única, aliás) foi: "Quanto tempo vocês ficaram juntos?". Percebi que, dependendo da minha resposta, ela decidiria se eu merecia um abraço apertado ou um simples "ah, amanhã você nem lembra mais" e pularia para outro assunto.

"Seis meses", respondi.

Adivinhe. Ela nem perdeu tempo com a sequência da frase, disse apenas "ah" e começou a falar de si mesma, seu tema favorito. Não mereci nem um "que pena, miga".

Meu histórico romântico é modesto em quantidade. Vivi um longo amor na adolescência, depois um casamento que durou 21 anos e então um turbulento affair que durou oito. Não se pode dizer que é o perfil de uma aventureira. Ao término dessa tripla jornada, eu já havia chegado aos cinquenta, não era mais uma garotinha. Mas foi justamente depois disso que alguns romances começaram a ser realmente passageiros se comparados à minha média anterior. Seis meses pode, de fato, parecer um rolo sem consequências que, quando chega ao final, não estimula sua turma a alcançar um lenço.

Mas, como diz meu amigo Carpinejar, relações curtas nem por isso são pequenas. São curtas porque a maturidade nos dá outra dimensão do tempo: já não fazemos investimento a fundo perdido. Conhecemos nossas capacidades e limitações, sabemos o que podemos suportar e o que não, e até desenvolvemos a proeza de prever o futuro: isso funcionará, isso nem com a bênção do santo. Mas tentamos. E de tentativa em tentativa a gente vai escrevendo capítulos curtos tão significativos quanto relações longevas consideradas "sérias".

Sério, sério mesmo, nada é, já que morreremos amanhã ou logo ali. Mas vale dar alguma gravidade aos amores, não grave no sentido de sisudo, mas no sentido de importante. Sendo assim, relações que duraram cem dias, ou que duraram 72 horas, ou que nem chegaram às vias de fato, habitando apenas o universo da fantasia, podem ser tão impactantes quanto uma história arrastada com alguém que, como diz a piada, você chama de "meu amor" porque esqueceu o nome da pessoa.

Relacionamentos iniciados na juventude e que se estenderam por décadas nem sempre são tão dignos: às vezes, é só a preguiça e o comodismo unidos contra a vontade de cair fora. Já os amores da fase madura não dão ibope à farsa. Quem ainda tem vinte anos está desculpado por se iludir, mas quem já tem alguma quilometragem não estica a discussão.

Isso não é desamor, não é frieza. Ao contrário, é a crença entusiasmada de que é possível encontrar alguém que equalize e que torne a vida mais completa e prazerosa – oxalá, para sempre. Mas sem condescendências insanas. Quem chegou aos cinquenta aceita a solidão que lhe cabe e só abre mão dela se valer muito a pena. Se valer, amará com entrega e verdade, mesmo sem a chancela da eternidade.

18 de março de 2018

DOIS MINUTOS DE ONTEM À NOITE

Então entramos juntos no bar e você viu sua ex-namorada na mesa ao lado da porta, acompanhada de uma amiga, o que me deixou insegura. Então a garçonete anotou nossos pedidos, um cálice de vinho para mim e água sem gás para ti, porque estavas dirigindo, e fiquei feliz de não precisares de um trago naquele momento tenso. Então uma jovem artista subiu em um pequeno palco e ali começou a cantar lindamente as canções mais românticas de Chico, Vinicius, Tom, e eu fiquei enciumada de teus pensamentos, imaginando que cada letra trazia uma lembrança do que você e sua ex, ambos dentro daquele mesmo bar, teriam vivido juntos. Então eu pedi o segundo cálice e fiquei mais calada do que o habitual e você pousou seu braço sobre meu ombro. Então, com a mão, você delicadamente virou meu rosto a fim de que ele ficasse de frente para o seu. E com esta mesma mão você separou uma mecha de cabelo que caía sobre os meus olhos, e nos encaramos demoradamente como se estivéssemos apenas nós dois naquele ambiente escuro, e foram estes dois minutos de ontem à noite que eu trouxe de volta para casa e que me ajudaram a dormir em paz com a cabeça sobre o teu peito e com a minha perna entre as tuas.

Então me levantei antes de você no domingo de manhã, enquanto seu corpo nu permanecia de bruços sobre a minha cama. Então passei pelo seu celular que estava sobre a mesa do quarto e percebi que havia várias mensagens não lidas no seu WhatsApp. Então peguei água na cozinha e, de pés descalços, com o copo na mão, fui até o jardim, pisei sobre a grama úmida e olhei para o céu. Então recuei, me sentei num banco da varanda e chorei enquanto lembrava todos os momentos em que não confiei no que estava vivendo e lamentei minha insistência em ser uma mulher premeditada, que antecipa o fim trágico de um amor recém iniciado como forma de evitar ser surpreendida pela dor. Então esse pensamento foi interrompido pelas suas mãos quentes nas minhas costas e eu voltei para o quarto com você.

Então a semana começou e vieram todos os outros dias do ano. Então eu estive alternadamente com você e sem você em compromissos repetitivos, situações cotidianas, deslocamentos pela cidade, checagens de extratos, preocupações mundanas de quem tem uma existência bem administrada. Então você era aquele homem que eu via nos intervalos das minhas atribuições, aquele que interrompia o ritmo alucinante da minha trajetória executiva, aquele que me telefonava no meio da tarde para dizer qualquer bobagem a fim de escutar minha voz. A dor nunca veio. O fim nunca chegou. Pela primeira vez eu vivia a continuidade de um desejo tranquilo e eterno, que soube acalmar as palpitações endiabradas do meu cérebro, bastando para isso dois minutos, não mais que dois minutos de um olhar, de uma mão afastando a mecha do cabelo sobre o meu rosto, dois minutos de um beijo prolongado, os dois minutos que residem para sempre naquele ontem à noite.

1º de abril de 2018

ME DEIXA QUIETINHO AQUI

É um texto epistolar, assinado não sei por quem (nem Shakespeare, nem Umberto Eco, nenhum sábio notório). Encontrei nos meus arquivos durante uma pesquisa arqueológica. Recebi esse texto numa época em que não dei muita atenção, mas, agora, reli com prazer.

É a carta de um homem que faz um elogio à solidão e à vida de solteiro, denunciando o absurdo que é uma pessoa manter-se numa relação só para dizer ao mundo que tem alguém, quando este alguém talvez não colabore em nada para seu bem-estar. Para a maioria das pessoas, entre a solidão e Satanás, bora convidar Satanás para um vinho, mas para o sujeito que redigiu a carta, a solidão é companhia suficiente. Até porque ele a compartilha com livros, com música, com um esporte, com viagens, com amigos e com ele próprio, com quem mantém uma relação quase perfeita.

O que eu mais gostei na carta, que é longa, foi uma frase espirituosa: "Me deixa quietinho aqui com minha vida espetacular".

Reconheça: quem gosta de ficar consigo mesmo tem uma vida espetacular, a despeito de todos os seus problemas. A pessoa não está angustiada em ocupar, a qualquer custo, o espaço vago ao lado da cama. Não está se sentindo abandonada pela sorte, não está avaliando perfis e currículos, não está nem pensando nisso. Simplesmente está tocando sua vida sem stress, pois sabe que só vale a pena investir em relações que sejam melhores do que a sua solidão.

Não parece sensato?

O medo da solidão é o catalisador das pequenas besteiras que fazemos diariamente e de algumas enormes que reincidimos sem nem perceber. A solidão é vista como uma tragédia – é considerada pior do que estar com alguém que nos chateia e de quem não nos orgulhamos. Aturar passou a ser um verbo romântico.

Precisa tanto drama? Certamente há outras vidas espetaculares por aí, com quem vale a pena interagir e somar nossas solidões, sem eliminá-las. Sou partidária do 1 + 1, duas solidões se divertindo juntas. Pena que poucos avalizem essa matemática. A fórmula do sucesso ainda é o 2 em 1, uma solidão tentando destruir a outra, e ai de quem pedir dez minutos para si mesmo. Nada de ficar quietinho aí.

"Muita vida te aguarda/muita vida te procura." Versos do português Joaquim Pessoa, descoberta literária recente e bem-vinda. É isso. Acredito que a vida pode ser ainda mais espetacular caso haja o encontro verdadeiro de duas almas com afinidades suficientes, sem produzirem dependência e sem almejarem um êxtase de contos de fada. Acredito em se deixar encantar por alguém que não tenha a pretensão de substituir a boa companhia que sempre fizemos para nós mesmos. Pés sobre pés embaixo das cobertas, mãos dadas no cinema, olho no olho. Lindamente, um amor que não rouba tua alma, não impede tua quietude, não embaça tua verdade, apenas torna tudo melhor do que já é.

8 de abril de 2018

O LUTO MORREU

Num curtíssimo espaço de tempo, perdi uma tia e um primo queridos. Em função disso, eu, que quase não vejo meus parentes, tive a oportunidade de estar com eles em dois velórios e em duas missas de sétimo dia, onde trocamos longas conversas e até algumas risadas que escaparam durante a tristeza. Não foram momentos alegres, mas foram momentos bonitos de encontro e confirmação da potência afetiva da nossa família.

Morte não é um assunto que evito, mas, pelas circunstâncias, andei pensando nela mais do que o normal – nela e em sua consequência imediata: o luto. Para quem não lembra, luto era um período de resguardo, com duração variável, em que a gente processava a nossa dor. Não dava vontade de trabalhar, namorar, participar de confraternizações – o silêncio se fazia necessário para que a gente pudesse se despedir de uma presença transformada subitamente em ausência. O sofrimento não era camuflado: fazia parte da cura. Só então, aos poucos, a gente se reintegrava à sociedade, retomando nossos afazeres diários.

O luto vinha após qualquer morte. Não apenas depois da morte de alguém: valia também para o fim de um amor, a demolição de uma casa, a viagem longa de um filho. Além de prestar uma homenagem ao passado, o luto servia para reorganizar nossos sentimentos e ideias. Isso existiu.

Mas, como você deve ter reparado, o luto morreu. Não existe mais. No lugar do luto, veio o dia seguinte com compromissos intransferíveis, mensagens de WhatsApp que exigem resposta imediata, passagens aéreas que é melhor não cancelar para não pagar multa, clientes que podem se irritar se a reunião for desmarcada, o horário no médico que foi uma dificuldade para agendar, sem falar na manhã ensolarada exigindo uma selfie. Dar espaço para a dor se tornou improdutivo. Vamos em frente, time is money, o morto vai entender.

O morto é um fofo: não quer incomodar, empatar a vida de ninguém. Ele já foi como você e eu, teve agenda, obrigações, planos. Não foi culpa dele ter morrido numa terça-feira: se pudesse escolher, teria morrido numa sexta à tardinha (mesmo atrapalhando o happy hour) para que os amigos pudessem usar o sábado e o domingo para acostumar a alma com a nova situação, mas foi morrer em dia útil, imagina se exigirá atenção plena. O morto libera o pessoal do luto e não puxa os pés de ninguém. Todo defunto é boa gente.

Só me pergunto se a dor não fica sublimada, se ela não explodirá mais adiante em um momento indevido, se é possível mesmo colocar vida e morte sentadas na mesma sala, com a mesma música alta. Ok, eu sei, a modernidade não tolera sentimentalismos. Resta isso, então, uma crônica saudando os velhos tempos, o que também não deixa de ser um dever cumprido no prazo: o jornal não pode esperar.

29 de abril de 2018

AS MÚSICAS INOFENSIVAS E AS DILACERANTES

É difícil escrever sobre música. Palavras sempre ficam aquém da intensidade do som. Canções são obras eróticas, as letras seduzem, o ritmo excita. Música é um afrodisíaco universal. O cinema não vive sem. O amor não vive sem.

Cada um de nós tem seu próprio gosto. A música que a gente prefere é nosso demônio interno ganhando voz, dialogando conosco em privado. É uma troca de segredos entre dois desconhecidos íntimos que se relacionam através de fones de ouvido, ou dentro do carro, no escuro do quarto. A música é a arte mais próxima do sexo.

Há quem só escute músicas inofensivas. Você sabe, aquelas que possuem rimas óbvias, melodias calmantes, que causam nenhuma perturbação e ganham as paradas de sucesso mais condescendentes do universo. As músicas fáceis. Bonitinhas. Descartáveis.

São necessárias. Gosto de muitas delas – preciso delas, inclusive, porque ninguém consegue ser tão endiabrado de segunda a segunda. Uma baladinha bem chiclete, que você cantarola enquanto espera o trem na estação do metrô. Normal. É nossa dose anestésica contra a dor de existir.

Mas prefiro a dor de existir.

Música sem voz rasgada, sem alma decepada, sem ter sido lacerada por álcool ou drogas ou desespero ou alucinação ou raiva ou paixão – de onde veio então? Não me identifico com nada que tenha sido composto sem esforço. Quero que a diva que esteja cantando me confesse seus pecados, que o cara que esteja cantando tente me convencer que está arrependido, que o amor que esteja sendo narrado tenha sido o mais profundo de todos, que a banda me sequestre na calçada da escola e eu passe dois dias em um cativeiro com pôsteres descascados de Jim Morrison nas paredes, quero que a música me coloque no meio de uma estrada, que me tire de onde estou, que tire a roupa que estou.

Que a música (e não estou falando só de rock, mas de jazz, blues, ópera, gospel) me eleve até um ponto em que eu vislumbre o mar lá de cima, as montanhas, as famílias voltando para casa no fim do dia cantarolando refrãos – que pareça que eu morri. Quero que ela me tonteie com sua crueza, que me arrebate com sua poesia, que me aproxime de sentimentos impenetráveis, que me revele o lado infernal da sofisticação, quero música que, mesmo que eu não entenda o que diz, eu entenda.

A música tem que me invadir de um jeito que me faça duvidar se tenho força para emoções desmedidas – mas eu tenho. Ela precisa enredar como nos enreda a voz soturna de Tom Waits, os poemas cantados pelo Chico, os gritos rasgados de Janis, as provocações sensuais de Jagger, os sussurros de João Gilberto. Todas as canções dilacerantes são um pouco criminosas, pois nos abatem e nos condenam ao silêncio, aquele silêncio sagrado em que você se escuta, finalmente.

27 de maio de 2018

PONHA SEU AMOR NO SOL

Duas histórias.

Ele tinha 27 anos e estava em Berlim pela primeira vez. Solteiro, livre, desbundado. Passava as noites dançando em casas noturnas onde encontrava alemãs góticas, estranhas, caladas. Até que se encantou por uma delas. Encontravam-se na balada todas as noites, depois ela o acompanhava até o muquifo onde ele estava hospedado e de lá ela saía sorrateiramente no meio da noite, pois trabalhava cedo na manhã seguinte. Meu amigo ficava estrebuchado na cama até o meio-dia, já pensando em trocar seu nome para Hans e em estudar filosofia. Até que as férias terminaram e ele voltou para o Brasil.

Com uma amiga se deu assim: ela era advogada de dia e tinha aulas de flamenco à noite, momento em que trocava a calça de linho por um vestido de babados vermelhos e incendiava o salão com suas castanholas. Até que surgiu um projeto de espanhol no curso e não deu três dias para se tornarem o par mais caliente do tablado. Calça justa como a dos toureiros, camisa aberta no peito, pura testosterona em 1m87cm. Ela não resistiu: a dança evoluiu para os lençóis, mesmo sendo um caso proibido – ele dizia ser noivo.

A paixão adora a noite e seus mistérios. Até que o dia amanhece.

Não é que a alemã gótica, da primeira história, inventou de conhecer o Brasil? Mandou uma carta para o meu amigo (perceba o tempo que faz isso) e ele na mesma hora se predispôs a hospedá-la. Ela desembarcou na tarde mais escaldante de fevereiro com seu capote preto, o mesmo que usava na balada berlinense, e com uma palidez de doente. Não se acostumou com a comida dos trópicos e logo seus olhos acinzentados saltaram de seu rosto esquelético. Meu amigo a levou para Garopaba, onde ela usou um biquíni que cobria o umbigo e um chapéu que mais parecia um ombrelone – mesmo assim, pegou uma insolação. Meu amigo fantasiou uma Nina Hagen e acordou com uma militante da Gestapo. Vida real, muito prazer.

Minha amiga advogada, da segunda história, estava em casa num sábado de manhã esquentando a água para o chimarrão quando bateram à porta. Era o projeto de espanhol, só que agora de calça de moletom, camiseta do Grêmio e um bebê no colo. Um bebê!! O homem era pai de uma criança de oito meses. E não parecia nem um pouco espanhol, nem um pouco alto e nem um pouco esbelto – camiseta de time de futebol é sempre traiçoeira com as barrigas dos torcedores. Que fim levaram o mistério, o charme, a pulsão erótica? Ele a convidou para uma caminhada no parque e ela lembrou que tinha hora no dentista – sim, no sábado de manhã – e sua adoração pelo flamenco foi subitamente trocada pela capoeira. Já procura no Face quem tenha um berimbau para vender.

Afora uns pequenos detalhes fictícios para dar sabor à trama (e livrar meus personagens da identificação), é tudo verdade. Do que se conclui: abram bem a janela, coloquem os travesseiros para fora e tomem muitos cafés da manhã juntos antes de dizerem um eu te amo no escuro.

10 de junho de 2018

ADORÁVEIS MALUCOS

A cena: o primeiro vinho da vida de vocês. Sentados frente a frente, cada um fala sobre as músicas favoritas, se prefere praia ou campo, se gosta de ler, se pratica esporte, se já morou em outra cidade. Sem esquecer o indefectível: qual o seu signo?

Ao fim da noite, haverá mesmo uma pista segura sobre as chances da relação? A gente pensa que sim, mas a vida mostra que nada disso interessa: nem o time que torce, nem se sabe cozinhar, nem se é de Áries ou Libra. Segundo o filósofo Alain de Botton, a gente deveria perguntar no primeiro encontro: qual é a sua loucura? Este seria um bom começo para avaliar se temos capacidade de segurar a onda do outro.

Não há como negar que somos seres esquisitos. Quem é que tem todos os parafusos no lugar? Combinado: ninguém. Então admitir isso seria um jeito mais honesto de iniciar uma história. O cara se abre: "Costumo fazer caminhadas durante a madrugada, preciso ficar totalmente sozinho no dia do meu aniversário, tenho um histórico de assédio moral que me perturba até hoje, fico meio enfurecido quando alguém insiste em saber sobre minha infância".

Sua vez de alertá-lo: "Não consigo ficar sozinha nem por cinco minutos, não posso engordar duzentos gramas que passo três dias sem comer, janelas abertas me causam pânico, desconfio que sou filha da minha tia".

Achou que iria ser facinho? Praia ou campo?

O ser humano, qualquer um, é um depósito de angústias, carências, traumas, neuras. Não somos apenas o nosso gosto para cinema, o nosso jeito de vestir, o nosso prato favorito – se fôssemos apenas isso, amar seria como jogar dominó. Mas o jogo entre dois amantes é mais complexo. Aos poucos, vão aparecendo os medos secretos, a dificuldade em lidar com certas emoções, a fixação em ideias estapafúrdias, o complexo de inferioridade, a ansiedade incontrolável, as perdas pelo caminho.

Nada disso é exatamente uma loucura, mas é um pacote existencial que é colocado no colo de quem deseja se relacionar conosco. A pessoa terá que amar não apenas nosso par de olhos verdes e nossa bicicleta na garagem, mas todas as estranhezas que cultivamos e a dor que tentamos subestimar.

O amor, em si, não é difícil. O amor é fácil. Difíceis somos nós. Somos uma simpática encrenca para quem se atreve a entrar na nossa vida e ficar conosco por mais de dez dias, prazo suficiente para lembrar que perfeição não existe.

Alguém vai desistir de amar por causa disso? Ao contrário: o desafio é estimulante. Quase competimos para ver quem é o mais maníaco, quem tem mais problemas familiares, quem se irrita mais com a rotina, quem explode mais – para tudo terminar em chamegos embaixo do lençol, onde é obrigatório se entender.

Eis a graça e a desgraça de quem resolve dividir o mesmo teto, a bagagem surpresa que cada um traz de casa. Qual é a sua loucura? A minha, só conto depois do segundo cálice.

1º de julho de 2018

A FOME

É embaraçoso admitir, mas eu nunca tinha ouvido falar em Anthony Bourdain, prestigiado chef norte-americano que foi encontrado morto no início de junho em plena efervescência de seus 61 anos. Muitos ficaram perturbados diante do suicídio de um homem tão bem-sucedido, esquecendo que os bem-sucedidos também têm direito a uma alma atormentada. Quem era ele, afinal? Com atraso, resolvi conhecer Bourdain através da literatura, e mergulhei em *Cozinha confidencial*, o livro que o projetou em 2000, onde ele abre as tampas das panelas e revela os bastidores do universo gastronômico, além de servir ao leitor, como acompanhamento, sua apimentada biografia.

Devorei o livro. Encontrei todos os ingredientes que me satisfazem. Prosa ligeira, inteligente, sarcástica. Histórias interessantes, surpreendentes, divertidas. Um ser humano que erra, se confunde, arrisca. Doses possantes de entusiasmo, obstinação, bizarrices. O conhecido ritmo dos outsiders: dez anos em um. Tudo muito vertiginoso, com finais felizes e infelizes se revezando, tal qual a vida, que não deve ser julgada apenas pelo que acontece no salão principal, mas também pela bagunça dos fundos.

Comida é energia e sobrevivência. Vida, a mesma coisa: energia e sobrevivência. É o que nos faz pular da cama pela manhã com vontade de se superar, e não de se repetir. É o que nos estimula a aprender, aprender, aprender, até chegar ao fim do dia e se dar conta do tanto que falta ainda. A fome nunca cessa.

Em meio à porra-louquice de Bourdain, há também muito pé no chão, como na parte do livro em que ele conta o que aprendeu com seu amigo Bigfoot, um cozinheiro que era uma lenda no West Village. "Ele me ensinou que um cara que aparece para trabalhar todos os dias, que nunca liga pra dizer que está com gripe, e que faz o que disse que ia fazer, tem muito menos probabilidade de estrepar com você no fim das contas do que um cara que tem um currículo incrível, mas é menos confiável na questão do horário de chegada. Habilidade se ensina. Caráter, você tem ou não. Bigfoot sabia que existem dois tipos de pessoas no mundo, aqueles que fazem o que dizem que vão fazer, e todos os demais."

Entendida a lição, caráter passou a ser a prioridade deste chef alucinado, que quando garoto fez todas as besteiras a que tinha direito e mais algumas, até se tornar um homem respeitado em seu meio e conhecido em todo o mundo, a ponto de sua morte ter sido lamentada até por quem nunca chegou perto de um fogão. Aos 43 anos, quando escreveu *Cozinha confidencial*, Bourdain era excitado, motivado, insaciável. Por que resolveu colocar fim à própria vida dezoito anos depois? Por mais que se procure razões, agora já era. Para nosso espanto, um dia a fome pode cessar.

15 de julho de 2018

O AMOR DÁ CERTO ATÉ QUANDO DÁ ERRADO

Já se falou que um romance, para engatar, precisa acontecer entre pessoas que tenham afinidades. Outros defendem que os temperamentos é que têm que combinar. Outros, ainda, dizem que não pode haver tanta diferença de idade, ou situação financeira discrepante. Amor à distância? Ele em Rondônia e você em Floripa? É dar muito crédito ao Cupido, melhor esquecer e procurar algo mais perto do seu quintal.

Falam, falam, falam. E quanto mais se fala, menos escutamos. Mergulhamos fundo em relações caóticas, o que quase todas são, pois dificilmente dois seres humanos se reconhecerão como almas gêmeas, esse troço que dizem que existe, mas que aqui em casa nunca bateu a campainha.

O jeito é virarmos experts no gerenciamento do caos. E lá vamos nós amar, sofrer, viver em êxtase, viver aos prantos, apaixonados e desapaixonados, tontos pelos altos e baixos dos nossos desejos, os explícitos e os secretos. É isso ou sair do jogo, resignando-se à única relação que realmente pode durar para sempre: você com sua (bendita ou maldita) solidão.

Todo este preâmbulo não é para desanimar ninguém. Sou da turma que diz: vá! Tenta com o bonitão e com o feioso, com o surfista e com o tiozão, com o socialista e com o neoliberal. Vá ao encontro dos seus iguais, e diga sim, também, para os que você pressente que, após duas semanas, nunca mais. O amor pode estar encruado onde você nunca imaginou encontrá-lo, então use as ferramentas que te deram e boa sorte na extração. Não conheço outra aventura na vida mais educadora e mais estimulante – muitas vezes, mais frustrante também, mas qual é a alternativa?

Desistir de amar não é uma alternativa, é apenas uma estratégia para se proteger de futuras decepções.

O amor dá certo até quando dá errado, pelo simples fato de ter acontecido, mas se você pleiteia a eternidade conjugal, lembre-se que ficha corrida ("inteligente, bonito, divertido") não garante nada. O sucesso depende apenas de algo que em bom português se chama *timing*: surgir na hora certa.

Os dois se encontram quando ambos já demitiram o tal Cupido, esse impostor. Os dois se encontram quando programaram os mesmos filmes para assistir até o fim dos dias. Os dois se encontram quando têm problemas parecidos que nunca serão resolvidos e tudo bem. Os dois se encontram quando a libido continua tão valorizada quanto o cérebro. Os dois se encontram quando ambos já abriram mão de suas idealizações, mas ainda gostam de conversar sobre elas. Os dois se encontram com as malas feitas e os passaportes em dia, só aguardando a chamada para o embarque. Esses dois abençoados estão aptos para o amor eterno pela simples razão de terem se conhecido quando desejavam a mesma coisa da vida. Não são os ventos, mas a cronometragem a favor.

12 de agosto de 2018

QUE COISA É ESSA?

É a palavra mais poderosa da língua portuguesa: coisa. Cinco letras que, unidas, englobam significados variados e misteriosos. Dentro dela, a imensidão do intraduzível. Lembro a diretora Irene Brietzke, que dirigiu minha primeira peça, *Trem-Bala*, em Porto Alegre. É a elegância em pessoa, mas quem a conhecia há mais tempo me prevenia: "Alguns dias antes da estreia, ela terá a coisa, prepare-se". Minha imaginação orbitava. O que seria essa "coisa" que ela teria? Um ataque de estupidez, uma mudez insistente, um sumiço, uma alergia, um troço? Tudo isso. Eu é que quase tive uma coisa na véspera, mas no dia seguinte a peça estreou com sucesso.

Desde então, respeito a coisa que dá nos outros.

Quando alguém diz que não irá desistir de seu objetivo porque há muita coisa em jogo, meu suor escorre pela testa e faz um desvio até chegar na nuca. Está na cara que esse alguém será capaz de roubar, matar, arrancar os dentes de quem se interpuser entre ele e essa coisa desconhecida e tão valiosa. Imagino que a tal coisa signifique reputação, dinheiro, poder, sexo, enfim, aquela coisa toda.

Quando eu ainda era bem pequena, caí na asneira de dar conversa para um vizinho mais velho que eu – ele devia ter uns nove anos. Pois fui proibida de falar com ele porque seu pai era Fulano, notório sujeito que não era grande coisa.

Eu, com algum esforço, raciocinei: se o pai do meu amiguinho, um garibaldo com quase dois metros de altura e uma barriga volumosa, não era grande coisa, a nossa família de gente magra e miúda seria o quê? Fui descobrindo que essa coisa de julgar os outros não era para principiantes.

Na minha santa ingenuidade, desejava que as relações fossem mais claras, objetivas, sem tantos pontos nebulosos, mas a coisa não era bem assim, diziam, e aí eu me sentia ainda mais perdida, porque às vezes achava que sabia das coisas e sabia era nada, como até hoje não sei. Se não é bem assim a coisa, posso imaginar que ela seja muito pior, mais aterrorizante – uma coisa de outro mundo. Que, aliás, é coisa que nunca entendi também – que outro mundo é este onde as coisas são tão diferentes?

Se alguém tivesse tido a paciência de me explicar o que eu não entendia naquela época, já seria alguma coisa, mas as pessoas estavam sempre muito ocupadas e achavam que certos assuntos não eram coisa para criança, então cresci pensando por mim mesma e devo ter pensado coisas fabulosas, pois quando me atrevia a revelar meus pensamentos, achavam que aquilo não podia ser coisa minha, e sim de alguém que estava colocando coisa na minha cabeça.

Que palavra teria potência semelhante e seria tão absoluta para definir o inqualificável? Não encontro outra. Fala-se por aí que a coisa está feia, que a coisa está difícil, mas eu a considero até simpática se comparada com tantas outras palavras sem serventia. A coisa funciona, ao menos.

9 de setembro de 2018

MEU VESTIDO DE NOIVA PRETO

Criança ainda, suspirava quando via uma noiva entrar na igreja apoiada no braço do pai enquanto um noivo apaixonado a aguardava no altar. Eu pensava: que cena de conto de fadas, pena que isso não é para o meu bico. Baixa autoestima infantil? Bola de cristal? Vamos ao resto da história.

Cresci, namorei e acabei sendo pedida em casamento, contrariando os meus presságios. Mesmo não sendo uma católica praticante, fiz questão do pacote completo: igreja, festa e bolo. Os convites já estavam impressos e o longo vestido de noiva quase pronto, quando aconteceu um imprevisto fatídico: minha futura sogra faleceu. Cancela tudo. Sem clima para festança.

Fiquei triste pelo meu namorado, claro, mas ninguém surtou. Transferimos o casamento para dali a dois meses e fizemos uma cerimônia íntima na casa de minha mãe, só para a família e poucos amigos. Rasguei os mais de duzentos convites e disse para a costureira: corta a saia longa pela metade e esquece o véu. Casei de branco com um vestido curto e o cabelo meio solto, meio preso.

Foi uma noite feliz e afetiva. O que tinha que ter, tinha: as pessoas que realmente importavam em nossas vidas, champanhe gelado, música escolhida por nós dois, alegria e comoção – não fez nenhuma falta a igreja, o padre, o DJ e os duzentos convidados.

Mudamos para um pequeno apartamento sem sótão e sem baú, que é onde as noivas costumam guardar seu vestido de noiva até que ele fique amarelado e seja doado para alguma neta. Pendurei-o num cabide dentro do armário, como se fosse um vestido qualquer. Até que, meses depois, surgiu a oportunidade de fazer o que eu secretamente planejava.

Fui convidada para o casamento de uma amiga. Dei uma olhada nas lojas, atrás de um vestido de festa. Tudo muito caro e careta. Não tive dúvida: resolvi tingir meu vestido de noiva. E assim fiz: tingi de preto. Heresia, sacrilégio, disseram uns. Boa ideia, arrasou, disseram outros. Acertaram: arrasei.

Devo ter ido a meia dúzia de festas com meu vestido de noiva preto. Quando alguma desavisada perguntava sobre a origem do meu look (parecia de grife, o tingimento foi perfeito), eu contava a história e a pessoa cruzava os dedos em esconjuro, como se eu estivesse possuída pelo demo. Não tem medo de que dê azar, sua maluca?

Sou lá mulher de acreditar em azar? Acredito em atitude, em criatividade, em desapego. Anos depois, doei o vestido para um brechó e se bobear ele ainda está frequentando algumas baladas por aí. Fiquei casada por quase duas décadas e a minha previsão de que jamais entraria numa igreja vestida de noiva acabou se confirmando. O que eu não previ foi que a reciclagem viria a ser fundamental para uma sociedade mais consciente e sustentável. Moral da história: repita suas roupas. Até mesmo ele, o vestido mais exclusivo da sua vida.

30 de setembro de 2018

AS BOLHAS

Era criança e ficava extasiada ao ver um termômetro quebrar. De dentro saíam várias bolhinhas de mercúrio. Eu mesma vivia numa bolha, mas não sabia. Achava que o planeta se resumia à minha família, ao colégio e ao clube, onde eu encontrava "todo mundo". Todos iguais, brancos, de classe média alta, que reproduziam piadinhas racistas e chamavam de bicha os garotos que não jogavam bola. Não éramos pessoas ruins, apenas alienadas.

Mas tive sorte. Meus pais me proporcionaram muita leitura, música, teatro. Dessa forma, o "todo mundo" se expandiu. Caetano, Millôr, Rita Lee e Marina Colasanti, só para citar alguns, viviam no meu quarto. Cultura não era apenas entretenimento, e sim uma ponte para um universo muito mais amplo.

A arte impulsionou meu crescimento, mas eu continuava habitando um microcosmo. Até que comecei a trabalhar, a namorar. E aconteceu: conheci pessoas de fora da minha bolha. Gente que foi criada de outro modo, que tinha outra história de vida, que passava por dificuldades que nunca passei. É normal fazer turismo por esses territórios "estrangeiros", mas é raro incorporá-los ao nosso. Seguem eles lá, nós aqui. Cada um na sua bolha.

Já fui a favor do porte de arma. Já fui contra as cotas nas universidades. Eu estava errada. Eu mudei de ideia. E isso só foi possível porque saí da minha bolha para escutar, enxergar, compreender. Não haveria crescimento progressivo se eu me contentasse em dizer oi para quem era diferente de mim e voltasse correndo para baixo da minha cama. Então cheguei mais perto de tudo que não era eu, e passei a levar outras realidades em conta.

Uma das maneiras de se fazer isso é através da política. Já votei certo. Já votei errado. Mesmo sabendo que a nossa política, como um todo, é canalha, cafona e arrogante, ela ainda é a única forma de avançarmos enquanto sociedade. Se a gente não avança, a gente morre dentro da bolha. Vive aquela vidinha: família, colégio, clube. Como se não houvesse ninguém lá fora, ninguém que importasse.

Nunca fui militante ou ativista. Nunca tive partido, nunca fui fiel a um candidato. Mas já não me acomodo. Trouxe da minha bolha os princípios éticos e deixei para trás os preconceitos e tudo o que me abreviava como ser humano, tudo o que parecia que me protegia, mas que apenas me tornava uma criatura indiferente. E o processo não terminou, ainda tenho muito a evoluir.

Diante do atual aquecimento de ânimos, lembrei do termômetro quebrado, das gotas de mercúrio no chão e de como elas se fundiam numa só, atraídas umas para as outras numa reação química fascinante. Em meio a essa perigosa onda retrô em que nos metemos, nunca me pareceu tão urgente que o "todo mundo" de um dialogue com o "todo mundo" do outro. E apostar em quem respeita o poder transformador da educação, da arte e da diversidade, contribuindo assim para unir todas as bolhas.

21 de outubro de 2018

DEVOLVA-SE

Geralmente é assim: você deixa sua camisola na casa dele, ele deixa um par de chinelos na sua casa. Namoro novo, ambos empolgados. Então começa um troca-troca mais expressivo: você empresta para ele um notebook que não andava usando, ele deixa a bicicleta na sua garagem. Você deixa três potes de creme na bancada dele, e ele quatro camisetas na prateleira mais alta do seu closet. Até que um dia ele traz o cachorro para passar uns dias, e como você tem um pátio, é lá que o pet se instala. E você leva uns 25 livros para a casa dele porque não tem mais onde guardar. Até que o amor, que era para sempre, um dia acaba e chega a hora do "devolva o Neruda que você me tomou e nunca leu".

Encontrei uma amiga que estava fazendo hora para ir até a casa do ex buscar suas coisas. Eles ficaram juntos por dois anos, e nem era tanta tralha que ela havia deixado por lá, mas sempre é constrangedor bater a campainha de um apartamento do qual você já teve a chave e, dez minutos depois, sair com uma sacola na mão e um beijo na testa – o beijo na testa seria o máximo de erotismo que poderia acontecer naquela despedida. Cheguei a sugerir que ela deixasse suas coisas por lá mesmo, mas havia um cashmere que ela economizou para comprar e nem morta deixaria de legado. Rimos. Ela estava mais leve. Mais bonita. Mais brincalhona. O namoro foi uma tortura psicológica, ela havia forçado a barra naquela relação, desde o início não foi o que ela esperava, não tinha a ver com seu modo de viver, ela nem mesmo estava segura de ser hétero, confidenciou. Mas andava tão cansada de ficar sozinha que topou esticar a corda naquele namoro, até que a corda arrebentou. Agora tinha que buscar o tal cashmere e mais umas quinquilharias, só estava fazendo tempo até ele chegar do trabalho, seria avisada por WhatsApp.

    Olhei para ela. Estava realmente mais bonita. Claro, ela havia se devolvido para si mesma. Voltava a conversar sem pisar em ovos, voltava a se vestir de um jeito menos perua, voltava a olhar para os lados, e pediu cerveja em vez de vinho. Lembrei nossa adolescência. Ela era a mais maluquete da turma, a mais livre de todas, e agora nem parecia que o tempo havia passado, ela voltava a ser integralmente quem era. É chato ter que buscar nossas coisas na casa do ex, mas a devolução mais importante é a da nossa essência – estorno automático, sem precisar nos buscarmos em lugar algum, a não ser dentro de nós.

    O sinal do WhatsApp tocou, era ele avisando que já estava em casa e ela poderia ir pegar suas coisas. No mesmo instante, uma garota entrou no café, olhou fixo para minha amiga e se sentou sozinha no balcão. Percebi um clima no ar, então me levantei para ir embora. Esquece aquele cashmere, eu disse, fica aí. Depois eu soube. Ficaram naquela noite mesmo.

18 de novembro de 2018

COMÉRCIO ONLINE

Nunca tinha percebido a importância das tarraxinhas de brincos, até que o Instagram me deu um puxão de orelhas: há tarraxas com poder de reerguer lóbulos, é só clicar no site, comprá-las e voltar a ser feliz – pois você não era feliz antes disso, óbvio.

Outro dia minha funcionária e eu gastamos alguns minutos confabulando sobre como limpar uma parte do vidro da janela que parecia inalcançável (moro no décimo andar), até que vi no Instagram um vídeo anunciando um esfregão que, através de um imã acoplado, consegue fazer com que você limpe a parte de dentro *e* de fora da janela, simultaneamente. Coisa de gênio.

Foi através do Instagram que descobri, também, que existe uma engenhoca que permite que seu par de sapatos ocupe o espaço de um só nas prateleiras do closet. Se você coleciona tênis, sandálias, botinhas, mocassins e rasteirinhas, pense na alegria de não precisar mais dispor os pares lado a lado, e sim acomodar um sapato em cima do outro, abrindo lugar para... mais sapatos.

Existe a luva especial que vem com uma espécie de velcro que faz com que você, ao acariciar seu cachorro ou gato, retire do animal todos os pelos que costumam cair no chão ou em cima da cama. Tem o depilador facial do tamanho de um batom que remove pelos (os seus, agora) em segundos. Tem um colete que, ao ser colocado por baixo da camisa, corrige no ato a sua postura, nunca mais a coluna encurvada. Tem palmilha que faz você parecer de três a seis centímetros mais alta. Tem meia que evita calo e joanete. Tem óculos especiais para serem usados na hora de se maquiar. Tem tampas de silicone para cobrir alimentos em potes de qualquer tamanho e que vão ao forno, ao freezer, ao micro. Tem também um treco que ajuda a fazer ovo cozido sem ter que descascar – a coisa é tão higiênica e competente que eu, que nem gosto de ovo, fiquei a fim.

Sem falar nas roupas. Camisas e vestidos com um caimento de matar e nas cores mais incríveis, um look casual de top model que faz você nunca mais querer entrar numa loja de departamento. O Instagram resolve todas as suas carências, principalmente as que você nem sabia que tinha.

Pena que essas soluções miraculosas, ao que parece, só estão disponíveis online. Eu, ao menos, não as encontro no supermercado ou no shopping. Tem que clicar e confiar em duendes. Nas poucas vezes que fiz compras online, só me estrepei. Tenho sorte no jogo e no amor – nas compras pela internet, seria um exagero de bênção. Atrasos, trambiques, decepções, é o que foi a mim destinado. Por que as maravilhas anunciadas não estão nas vitrines? Esqueça, mulher pré-histórica: renda-se ao ilusionismo das redes. Confie no comércio digital e em suas ofertas de outro mundo. Ok, ok, continuarei tentando, mas eu preferia quando dava para tocar no produto e experimentá-lo antes de comprar – ah, essa maldita nostalgia que também não se usa mais.

25 de novembro de 2018

DÊ LIVROS DE NATAL

Philip Roth. Cristovão Tezza. Inês Pedrosa. Paul Auster. Ian McEwan. Daniel Galera. Antonio Prata. Fausto Wolff. Anderson França. Carla Madeira. Machado de Assis. Eça de Queirós. Hilda Hilst.

Mulheres e homens, novatos e clássicos, vivos e mortos, todos eles publicaram histórias e poemas, seus livros estão nas livrarias, mas onde estão as livrarias que só vejo farmácias? As grandes redes estão fechando lojas e as pequenas não é de hoje que lutam para sobreviver. Ler postagens de Facebook? Twitter? Não deliremos, falo em nome de quem gosta de ler MESMO, de quem sabe que livraria é o supermercado que abastece o espírito.

Cintia Moscovich. Carpinejar. Scliar. Alain de Botton. David Trueba. Haruki Murakami. Leila Slimani. Michel Laub. Tati Bernardi. Claudia Tajes. Pedro Mairal. Nick Hornby. Michael Cunningham. Lionel Shriver. Caio Fernando Abreu.

Livro é caro? Roupa é muito mais. Pelo preço de uma camiseta, você leva para casa um Saramago e uma Elena Ferrante. Pelo preço de uma bijuteria você presenteia com joias by Michel Houellebecq, Eliane Brum, Wislawa Szymborska. Pelo preço de um biquíni (sério, já viu o preço dos biquínis?), você veste a alma com Adélia Prado, Antonio Cícero, Mia Couto. Pelo preço de uma garrafa de uísque, você embriaga com Bukowski, Hemingway, Nabokov. Pelo preço de um panetone, você devora um livro de bolso com mais de 5 mil frases geniais do Millôr.

Conhece alguém que nunca leu um livro? Dê a ele o mundo de presente – custa menos que uma passagem de ônibus interestadual.

Loyola Brandão. João Ubaldo. Jorge Amado. Patricia Highsmith. Simone de Beauvoir. Pedro Juan Gutiérrez. Leila Ferreira. Jonathan Franzen. Ruy Castro. Flaubert. Danuza. Stella Florence. Ernesto Sabato. Elisa Lucinda.

Livro tem valor, ao contrário de bugigangas. Livro é conhecimento, diversão, passatempo, cultura, terapia, conteúdo, filosofia, verso, ideia, pensamento, rebeldia, transgressão, emoção, conforto, catarse, vício, salvação, lucidez, espelho, fantasia, exorcismo – e uma enrascada, no meu caso: estou citando escritores de cabeça, sem nenhum compromisso ou critério além do meu afeto e admiração. Imagine a reação dos amigos esquecidos, que seguem lendo esta crônica apenas para verem seu nome (ai de mim), mas pago o preço, essa coluna, sim, é que vai me custar caro, livro é de graça em comparação.

Francisco Bosco. Fernanda Torres. Vargas Llosa. Sándor Márai. Miguel Sousa Tavares. Adriana Falcão. Martin Amis. Adriana Lisboa. Dostoiévski. Mario Benedetti. Contardo Calligaris. Amós Oz. Raymond Chandler. Patrícia Melo. Lya Luft. Tchékhov. Affonso Romano. Marina Colasanti. Letícia Wierzchowski. Ivan Lessa. Milan Kundera. Viviane Mosé. Elizabeth Gilbert. Cioran. Rubem Fonseca. Chico Buarque. Dorothy Parker. E eu, que também sou filha de Deus. Deus! Luis Fernando Verissimo.

9 de dezembro de 2018

O RONCO

O título deste texto entrega: rapazes, o assunto é com vocês, pois mulher, quando ronca, é em baixo volume, sem perturbar as relações conjugais (em tese). O ronco masculino é de outra categoria: a dos rugidos aterrorizantes que fazem a gente ter certeza de que dorme ao lado de uma fera que foi esfaqueada na jugular e está nos estertores da sobrevivência, berrando sua ancestralidade primitiva. Passados muitos anos após o fim do meu casamento, admito que adoro meu ex-marido, mas já desejei matá-lo inúmeras vezes enquanto dividíamos os lençóis, e o assassinato só não foi efetivado graças a um dispositivo chamado divórcio, que não dá cadeia.

Essa alternativa pacífica – o divórcio – traz outra vantagem, ainda que pouco honrosa: a vingança. O ex terá uma nova namorada, é evidente. E ele se apaixonará por ela e esquecerá a mulher anterior, que agonizou por anos a seu lado na cama. Pois. Enquanto os amigos desejam felicidade eterna ao novo casal, é uma satisfação secreta imaginar que, após algumas madrugadas juntos, a felicidade eterna dos pombinhos estará por um fio.

Porém, mistério: a fera esfaqueada na jugular começa um novo relacionamento e simplesmente deixa de roncar. Ao menos deixa de roncar daquela forma vulcânica e perversa que impedia que se pregasse o olho a noite inteira. Não é justo.

Depois que meu ex-marido e eu nos separamos, ele disse que nenhuma outra namorada se queixou do ronco dele. Nenhuma. Que elas até achavam bonitinho o ronronar dele. Ronronar!!! Quando vivia comigo, o querido virava um ogro selvagem assim que pegava no sono, e agora as namoradas dele dizem que nunca escutaram nada que justificasse estrangulá-lo. Eu pergunto a ele: e sua apneia? O que elas dizem a respeito? Nunca comentaram nada, ele responde. COMO ASSIM, NADA? Você quer me deixar louca? É desesperador. Infernal.

Aí me ocorre que, depois de me separar, eu também tive namorados. E, pensando bem, nenhum deles roncava. No máximo um ronronar – pois é, um ronronar. Quando eles reclamavam que suas ex-mulheres enchiam a paciência por causa de seu ronco, eu, a santa, tomava o partido deles, lógico: era implicância, amor, você dorme feito um anjo.

Por favor, especialistas, ajudem a decifrar esse enigma. Estou prestes a declarar que os homens começam a roncar só depois de um ano de relação, por aí. Talvez exista algum mecanismo que os impeça de soltar aquele som cavernoso no comecinho do romance. As vias respiratórias dos homens apaixonados talvez não fiquem obstruídas. Ou, sei lá, toda mulher em fase de encantamento é ligeiramente surda. Depois os anos de convívio se acumulam, vem a rotina, o hábito, o tédio e o ronco, nessa ordem. Será?

Estou preocupadíssima. Em início de namoro. Ele ronrona, apenas.

6 de janeiro de 2019

O MAIS PERTO QUE CHEGUEI DO CÉU

No final de 2017, estava fora de Porto Alegre e não pude assistir ao show que Caetano Veloso fez ao lado dos filhos Moreno, Zeca e Tom. Para minha sorte, a turnê foi tão exitosa que eles retornaram à cidade um ano depois e pude, em dezembro de 2018, assistir a *Ofertório*. Já vi Caetano cantando com os Doces Bárbaros, com Jorge Mautner, com Gilberto Gil e muitas vezes sozinho – sempre comovente. Mas, desta vez, *knock-knock-knockin' on heaven's door*. Acesso ao paraíso.

Entre uma música linda e outra ainda mais bela, fiquei olhando para aquele garoto de 76 anos que viveu, que amou, que deu tanto ao Brasil, e baixou em mim uma espécie de orgulho alheio. É muita bênção poder subir ao palco acompanhado de seus três filhos e cantar com eles as passagens de cada etapa de seu crescimento. "Eu vi um menino correndo, eu vi o tempo." O tempo. O quinto elemento do show.

Instrumentistas, compositores, intérpretes: os quatro são tudo e são unos. A mesma sensibilidade e elegância. Quatro talentos a serviço da doçura, da sofisticação, da poesia. E para contrabalançar o sublime, são homens de convicção, contestação. Sem fúria, mas com bravura, quatro homens inteiros, cada um doando o seu pedaço de vida até aqui.

Foi tão bonito. Tão bonito.

Mães carregam (arrastam!) seus filhos, são exaltadas, amam fazendo barulho. Pais são mais sóbrios, amam com sutileza, dão a mão. Eram, ali no palco, um pai cheio de ternura e três filhos discretos, mas nada disso impedia que dançassem, rissem, se posicionassem. Parceria que não nasceu de um contrato em três vias, e sim gerada nas canções de ninar, nos castelos de areia na praia, em tardes chuvosas assistindo a um filme na tevê. Uma banda chamada família. Brincando de serem os novos baianos, os novos Caymmi, os novos Jackson Five – os novos eles mesmos, instalando no palco a sua sala de estar.

No show, a parte mais conhecida da playlist é elevada à quarta potência. "Leãozinho", de letra tão simples, amplifica-se no verso "de estar perto de você e entrar numa". "Força estranha" fica ainda mais forte no verso "por isso essa voz tamanha". "Trem das cores" cresce no verso "de um azul celeste celestial". Foi mesmo como bater às portas do céu, lá onde mora o sagrado, o divino maravilhoso.

Essa rasgação de seda não é apenas pela música (ainda que, só por ela, já se justificaria), mas porque, através dela, demonstrou-se possível a utopia de pacificar passado e futuro, unificar gerações, dar à família um sentido de fortaleza, o que nunca é fácil, sendo uma instituição diversa e tão caótica. Portar o mesmo sobrenome não é garantia de nada, mas portar-se com dignidade diante do belo, e daquilo que nunca envelhece, coloca o mundo de joelhos. Vida, doce mistério.

13 de janeiro de 2019

QUE BOM QUE NINGUÉM É FELIZ PARA SEMPRE

Enquanto eu a consolava pelo fim do namoro, ela chorava do outro lado do telefone, e eu pensava: de que adianta o que estou dizendo? A dor tem que ser enfrentada, não tem outro jeito, não há palavra mágica que elimine esse sofrimento. Foi quando ela me disse que o pior de tudo era que achava que nunca, nunca, nunca mais viveria algo igual ao que viveu com ele. Respondi: "Ah, pode apostar, não vai mesmo". E a conversa ganhou um rumo.

A constância é cômoda. Tudo que se prolonga nos mantém num estado de calmaria, é um voo sem turbulência. Mas são as interrupções que nos constroem. Os obstáculos que odiamos acabam se transformando em bênçãos que iremos agradecer no final das contas – e final das contas é uma expressão muito apropriada. Calcule o que você já passou na vida e veja se não foram as interrupções bruscas que resultaram na pessoa que você é hoje.

Algum acidente. Uma perna quebrada na infância que a impediu de ir à escola enquanto, imobilizada em casa, descobria um talento nato para a pintura. Uma colisão frontal com outro carro da qual sobreviveu e passou a buscar um Deus com quem não se comunicava antes. Nenhuma reverência à tragédia aqui, apenas um lembrete: as coisas interrompidas voltam a nos colocar em movimento, só que por outra estrada. E nela procuramos compensações.

Fracassos, sustos, demissões, doenças, perdas. Quem dera nunca tivéssemos que lidar com nada disso, mas ninguém está imune à vida, a não ser que não viva. A maneira como reagimos ao sofrimento é que define o que é felicidade, por mais contraditório que possa parecer. Ninguém "reage" a uma festa, a uma aprovação no vestibular, ao surgimento de um novo amor, a uma viagem à Europa, a uma conquista profissional: celebramos e segue o baile. Mas os obstáculos exigem um posicionamento firme, decisões, inteligência emocional, coragem. A bravura é tão masculina quanto feminina.

Não torrei a paciência da minha amiga com toda essa ladainha, fui mais econômica: amor interrompido é um baque, mas a luta continua, companheira. Você vai sair dessa melhor do que entrou. Exercício de futurologia + otimismo + "já passei por isso e sei como é".

Quando alguém disser que felicidade não é ter casa na praia e dinheiro no banco (não é, mas ajuda um bocado), e sim capacidade de suportar frustrações e transformar dores em aprendizado e maturidade (ainda que as lições não neutralizem o acontecimento dramático), acredite. E se coloquei obstáculos demais nessa frase (abrindo excessivos parênteses) a ponto de você ter que relê-la para entender, me perdoe, mas a vida é assim mesmo, exige algum esforço.

27 de janeiro de 2019

STAND UP: LEVANTE-SE

Stand up é um termo inglês que significa "ficar de pé" ou "levantar-se". Popularizou-se quando surgiram as primeiras apresentações de comediantes que, sozinhos no palco, sem cenário, dispunham apenas de um microfone para fazer a plateia rir. Mais tarde, o termo passou a designar o remo em pé: stand up paddle. É uma modalidade antiga de surf, originária do Havaí, mas que hoje é praticada também longe das ondas – em rios, lagos e em alto-mar, por profissionais e por amadores que buscam equilíbrio, diversão e condicionamento físico.

Estamos em pleno verão e a menção a esse esporte já justificaria a coluna, mas quem me trouxe ao assunto foi Marcelo Yuka, compositor que fundou a banda O Rappa e que morreu há duas semanas, aos 53 anos, de infecção generalizada. Em 2000, ele levou nove tiros ao tentar socorrer uma mulher durante um assalto e ficou paraplégico. Afora a canção "Minha alma", sucesso que consagrou o verso "Paz sem voz/não é paz/é medo", eu conhecia pouco de seu trabalho, mas aprendi a respeitá-lo através da biografia *Não se preocupe comigo*, escrita pelo jornalista e amigo de Yuka, Bruno Levinson. Conheço o Bruno e acompanhei suas manifestações depois que Yuka se foi. Bruno disse que Yuka sempre soube que morreria cedo. "Você já viu algum cadeirante velho?", perguntava Yuka para Bruno. "Não uma pessoa velha que tenha ido para a cadeira de rodas por fraqueza, mas uma pessoa como eu? Não. Nós não fomos feitos para ficar sentados."

Chegamos ao ponto. Não fomos feitos para ficar sentados. Não fomos feitos para passar horas numa poltrona diante de um computador, horas afundados num sofá com um celular na mão, horas numa cama manejando um controle remoto, horas numa sala de espera enquanto não chamam nosso nome – e esta última situação uso como metáfora para milhões de preguiçosos que estão sentados numa "sala de espera" aguardando para entrar na vida, em vez de alcançá-la com os próprios pés.

Não fomos feitos para o sedentarismo, a pasmaceira, o tédio, a paralisia e os quilos extras que a inatividade traz. Considero vulgar a expressão "tirar a bunda da cadeira", mas é disso que se trata, grosso modo. É exasperante ver que muitos adolescentes, com energia de sobra, estão desperdiçando-a com um cansaço existencial que nada mais é do que medo de expandirem seu destino, de correrem atrás de projetos sem garantia, de se submeterem a aventuras incertas – como se tudo não fosse incerto. Aboletam-se, atrofiam-se e morrem cedo. Com o agravante de estarem presos a uma cadeira por livre e espontânea vontade, ao contrário de Yuka.

Eu, que estou longe dos meus dezessete anos, venci a resistência que sempre tive a esportes náuticos: me pus de pé em cima de uma prancha e passei a remar, vacilante e valente ao mesmo tempo, como em toda estreia. Stand up! Levante-se também. Pela razão que achar que mereça o empenho, mas levante-se.

3 de fevereiro de 2019

MORRER DE CAUSA NATURAL

Diálogo entre duas mulheres, entreouvido numa sala de espera: "De que ela morreu?". Respondeu a outra: "De causa natural". Pensei comigo: então a coitada deve ter morrido de latrocínio.

Hoje em dia, morrer de causa natural é morrer por ter cruzado com um garoto viciado ou um brutamontes colérico que não controla seus atos e atira. É morrer da facilidade com que delinquentes portam armas. É morrer de bala perdida. Mortes naturais, naturalíssimas: estão todos os dias nos jornais.

Dão entrada em hospitais centenas de pessoas com infecções, tumores, edemas, intoxicações, mas elas não morrem dessas doenças. Antes, morrem de falta de leito. De falta de médico. O natural é que morram de falta de atendimento.

Há quem esteja morrendo de lipoaspiração: a paciente escolhe uma clínica clandestina, que não possui o equipamento cirúrgico necessário, e morre se for alérgica a algum medicamento ou se tiver uma parada cardíaca durante a anestesia. Morre de falta de socorro adequado.

Tanto quanto de raios, morre-se também de sequestro-relâmpago. Dependendo do humor dos sequestradores, você volta para casa ou não.

Morre-se de ganância, de falta de alvarás, de desprezo pelas regras de segurança, de material de quinta categoria, de prazos de validade vencidos.

Morre-se de falta de policiamento nas ruas, morre-se de invisibilidade: não vemos ninguém quando precisamos e ninguém nos vê também.

Morre-se de calçada irregular, de estrada esburacada, de rodovia mal sinalizada, de obra sucateada. A gente se mata para pagar os impostos e eles continuam não sendo reaplicados em nós, e sim no sustento de mordomias parlamentares.

Morre-se de político corrupto, que desvia verbas públicas em prol de interesses particulares, e de político covarde, que não enfrenta o esquema contaminado de seus pares, que se candidatou apenas por vaidade e pelo poder, que não se compromete com a população e que jamais será respeitado enquanto não se dedicar ao bem das pessoas que representa.

Morre-se de trote. Escolha a modalidade mais natural: o trote na universidade, praticado por estudantes bestiais, ou o trote telefônico, aquele que mata do coração os que não detectam o fajuto golpe do sequestro.

E como o próprio nome diz (morte natural), a natureza tem feito sua parte, provocando óbitos por deslizamentos, queimadas, tsunamis, que nada mais são do que revide às agressões que temos cometido contra o meio ambiente. Fazer esse mea culpa causa depressão, que, ironicamente, pode matar também. Liquidamos com o planeta e conosco mesmo.

Morrer de velhice e de falência múltipla dos órgãos é que não é natural – passou a ser um luxo para poucos.

17 de fevereiro de 2019

APARTHEID

Na minha infância, não tive nenhum amigo negro. Estudei durante onze anos no mesmo colégio e não tive uma única colega negra – e nenhum professor. Nos prédios em que morei, zero. Na praia? Puxa, na praia haveria negros, óbvio. Mas na Guarita, em Torres, que era uma espécie de Califórnia da elite bronzeada do Sul, nos anos 70, não tinha, não. Na faculdade e nas agências de propaganda em que trabalhei, era raridade. Se havia, não frequentei suas casas nem fizemos festa juntos. Para completar a vergonha, sou madrinha de uma garota negra que a última vez que vi foi em seu casamento, quase vinte anos atrás. Depois ela se mudou para o Paraná e perdemos o contato.

A poeta e atriz Elisa Lucinda é uma honrosa exceção. Outro dia, num vídeo que viralizou nas redes, minha amiga sentenciou: "Se tem territorialidade, tem apartheid". Não há como ficar em silêncio ao escutar esse balaço.

Por muito tempo, coloquei a questão racial sob o mesmo guarda-chuva da desigualdade social. Custei a entender que era um subterfúgio para não chamar o problema pelo nome que ele tem. O negro pobre sofre mais que o branco pobre. O negro pobre é mais perseguido, agredido, executado que o branco pobre. A absurda morte de um negro asfixiado por um segurança de supermercado confirma. Negro pobre tem menos chance de defesa do que o branco pobre. Então não é uma questão socioeconômica. É racial.

Eles não andaram de bicicleta comigo, não foram meus colegas de aula, não tomaram banho de mar ao meu lado e não me namoraram, e a razão disso não é apenas porque não tinham dinheiro, mas porque não tinham acesso ao mesmo mundo que eu – ainda que fosse o mesmo mundo em que vivessem.

Felizmente, hoje os negros não são vistos apenas em paradas de ônibus, cozinhas e bailes funk. Estão nos comerciais de tevê, nas novelas, nos telejornais, nos editoriais de moda, ocupando um espaço de visibilidade que lhes era vetado. E nas redes sociais – e só por isso já compensa fazer parte desse universo esquizofrênico de fake news, julgamentos sumários e vaidade doentia. Há gente séria discutindo o preconceito. Há movimentos surgindo. Não dá mais para ficarmos alheios. É preciso colocar o dedo na nossa cara em frente ao espelho e se comprometer a ser um novo "eu", que é o único jeito de inaugurar também um novo país.

Demorei a entrar nas redes e hoje acredito que, em meio a tanta besteirada, elas nos ajudam a evoluir, desde que a gente não siga apenas os sócios do nosso clube e, em vez disso, escute a voz da diversidade. É nossa responsabilidade criar uma nova cidadania, começando por interromper a propagação de ideias criminosas, incitações à violência ou qualquer situação que nos mantenha segregados. Hora de compreender que somos todos cúmplices do Brasil ser atrasado como é.

24 de fevereiro de 2019

CABELO VERDE

Ela tinha o rosto coberto por sardas, especialmente no nariz e nas bochechas. Contou que, quando era criança, a garotada do colégio pegava muito no pé dela – naquela época, ainda não se falava em bullying. Cresceu odiando ser chamada de sardenta. Eu disse a ela para não se estressar, as sardas davam a ela um ar juvenil, e quer saber? "Eu nem tinha reparado que você tinha sardas antes de você comentar." Ela começou a rir. "Claro que você não reparou, por que acha que uso o cabelo verde?"

O cabelo dela era mais verde que um gramado de estádio de futebol em jogo de estreia da Copa, não havia quem não notasse.

Desde então, quando vejo uma mulher com o cabelo muito colorido, penso: como ela é incrível, quanta personalidade – e então fico buscando as sardas, ou o que for que ela esteja tentando esconder.

Não estrague a brincadeira. Óbvio que muita gente pinta um arco-íris no cabelo porque gosta, apenas porque gosta, sem que seja um subterfúgio. Mas com subterfúgio tem mais graça e inventamos um assunto.

Outro dia vi uma garota toda tatuada – muito, muito. Os dois braços inteiros, as duas pernas tomadas, as costas sem espaço para nem mais um desenho. Se alguém não soubesse o nome dela, como a identificaria? "Aquela menina tatuada." Ninguém diria "aquela menina gorda" – não só porque seria grosseiro, mas porque o fato de ela estar acima do peso havia se tornado secundário diante da pele hipergrafitada.

Será que também privilegiamos algo na nossa aparência a fim de camuflar aquilo que não queremos que ganhe destaque? Tive uma colega da faculdade que costumava frequentar as aulas com camisetas superdecotadas. Ela tinha seios lindos, poderosos. Pois agora estou lembrando que ela tinha também um nariz de respeito. Considero os narigudos e narigudas o suprassumo do charme, mas é provável que ela discordasse do meu senso estético – na época, encontrou um jeito de desviar a atenção para o seu colo e funcionou.

Tem gente que consegue esse câmbio de foco sem envolver o visual. Escreve livros a fim de disfarçar a timidez, é exibicionista para que não reparem sua insegurança, está sempre correndo de um lado para o outro para que ninguém perceba que não tem nada para fazer. É a velha história: enquanto um lado fica iluminado, o outro permanece convenientemente na sombra.

Voltando ao cabelo: pintar, tosar, descolorir é bem mais fácil do que fazer um tratamento de pele, emagrecer vinte quilos, colocar silicone, operar o nariz. Fica autêntico, divertido e ainda distrai daquilo que consideramos uma imperfeição – mesmo correndo o risco de estarmos mascarando o que também é bonito em nós.

17 de março de 2019

INTIMIDADE DE FAZ DE CONTA

Recebi, por e-mail, um convite para um evento literário. Aceitei, e logo a moça que me convidou pediu meu número de WhatsApp para agilizar algumas informações. No dia seguinte, nossa formalidade havia evoluído para emojis de coraçãozinho. No terceiro dia ela iniciou a mensagem com um "bom dia, amiga". Quando eu fizer aniversário, terei que convidá-la para minha festa.

Postei no Instagram a foto de um cartaz de cinema e uma leitora deixou um comentário no direct. Disse que vem passando por um drama parecido com o do filme, algo tão pessoal que ela só quis contar para mim, em quem confia 100%. Como não chamá-la para a próxima ceia de Natal aqui em casa?

Fotos de recém-nascidos me são enviadas por mulheres que eu nem sabia que estavam grávidas. Mando condolências pela morte do avô de alguém que mal cumprimento quando encontro num bar. Acompanho a dieta alimentar de estranhos. Fico sabendo que o amigo de uma conhecida troca diariamente as fraldas de sua mãe velhinha, mas que não faria isso pelo pai, que sempre foi seco e frio com ele – e me comovo, sinto como se estivesse sentada a seu lado no sofá, alcançando um lenço.

Mas não estou sentada a seu lado no sofá e nem mesmo sei quem ele é, apenas li um comentário deixado numa postagem do Facebook, entre outras milhares de postagens diárias que não são para mim, mas que estão ao alcance dos meus olhos. É o reino encantado das confidências instantâneas e das distâncias suprimidas: nunca fomos tão íntimos de todos.

Pena que esse mundo fofo é de faz de conta. Intimidade, pra valer, exige paciência e convivência, tudo o que, infelizmente, tornou-se sinônimo de perda de tempo. Mais vale a aproximação ilusória: as pessoas amam você, mesmo sem conhecê-la de verdade. É como disse, certa vez, o ator Daniel Dantas em entrevista à Marília Gabriela: "Eu gostaria de ser a pessoa que meu cachorro pensa que eu sou".

Genial. Um cachorro começa a seguir você na rua e, se você der atenção e o levar para casa, ganha um amigo na hora. O cachorro vai achá-lo o máximo, pois a única coisa que ele quer é pertencer. Ele não está nem aí para suas fraquezas, para suas esquisitices, para a pessoa que você realmente é: basta que você o adote.

A comparação é meio forçada, mas tem alguma relação com o que acontece nas redes. Farejamos uns aos outros, ofertamos um like e de imediato ganhamos um amigo que não sabe nada de profundo sobre nós e provavelmente nunca saberá. A diferença (a favor do cachorro) é que ele está realmente por perto, todos os dias, e é sensível aos nossos estados de ânimo, tornando-se íntimo a seu modo. Já alguns seres humanos seguem outros seres humanos sem que jamais venham a pertencer à vida um do outro, inaugurando uma nova intimidade: a que não existe de modo nenhum.

23 de março de 2019

SE DEUS FOSSE CONSULTADO

Falam tanto em nome dele que até parece que carregam uma procuração no bolso. Não há pronunciamento do governo em que Deus não seja invocado, como se fizesse parte da equipe ministerial, como se tivesse sido o patrocinador da campanha, como se houvesse aberto o voto. Até onde sei, Deus não vota. Votar é tomar partido, e se bem me lembro, estamos falando de um Pai que tem uma família numerosa de filhos, bem mais que 01, 02 e 03. Não que religião seja um assunto que eu domine ou particularmente me interesse, mas tenho certeza de que ele não tem sido consultado por essa turma que age como porta-voz de Sua Santidade.

Deus acima de todos? Verticalidade é um conceito obsoleto que não promove laços, e sim obediência e rendição. Esta visão imperativa de Deus gera pensamentos fechados e torna a nação penitente, e se por um lado isso dá alívio e segurança a muitos, a mim parece que estimula a submissão e a ignorância. Precisamos, ao contrário, ser incentivados a pensar por conta própria, a ter dúvidas, a aprender com nossos erros e a exercer nossa própria autoridade moral perante os fatos. Precisamos nos responsabilizar pelo que decidimos e pelo que nos acontece. Precisamos ser um povo que defende a sua vontade e luta por seus direitos.

Cada um tem seu Deus e isso deve ser respeitado. O meu é horizontal. Não está acima de todos, e sim ao lado. É expandido. No modo particular como lido com este assunto, nada combina menos com o simbolismo de Deus do que a imposição do maniqueísmo, da violência e das verdades únicas. Deus não governa. Deus inspira.

Se fomos criados à sua imagem e semelhança, então somos todos feitos de empatia e solidariedade. Esse é o nosso espírito comum que, infelizmente, em muitos casos se desagrega e se corrompe. Cada um nasceu com uma espécie de Deus dentro, que ao longo da vida vai tendo representações diversas, não só dogmáticas, mas espirituais em outros sentidos – reverência à natureza e dedicação à arte, por exemplo. Somos irmãos em espécie, em humanidade. Cada um de nós, incluindo os ateus, é o Deus do outro. O que equivale a dizer que não existe hierarquia, e sim troca.

O Estado é laico. Não é uma igreja. Não tem fiéis, e sim cidadãos que pensam e vivem de forma diferente entre si. O Estado tem que promover a justiça, a paz e a igualdade social sem interferir nas crenças da população. Somos livres para alimentar nossa alma do jeito que desejarmos, e ninguém deve impor sua escolha aos outros. Se Deus fosse consultado, creio que pediria para prestarmos mais atenção no que diz o papa Francisco, que é quem consegue traduzir Deus em sua essência. Mas Deus não tem sido consultado e a bravata em seu nome corre solta, como se ele não passasse de um reles cabo eleitoral.

31 de março de 2019

PERDER A VIDA

Estava dentro do carro, presa num engarrafamento, escutando música. Enquanto esperava o trânsito fluir, observei o céu azul e algumas árvores. O dia estava lindo e Domingos Oliveira estava morto. Um homem essencialmente emocional, que tinha um olhar encantado para a vida, que dirigiu filmes, escreveu peças e deixou registrada em livros sua convicção de que nada é mais importante do que os encontros e desencontros, os desejos e as dilacerações que caracterizam a nossa humanidade. Eu o admirava tanto e, quando ele se foi, não pensei "que perda". Pensei apenas que ele mereceu morrer em casa ao lado das pessoas que mais amava, e que tudo havia sido um ganho, então, sem drama: só restava dizer "obrigada, Domingos, obrigada, obrigada, obrigada".

Isso me fez lembrar o enterro do pai de uma grande amiga, falecido aos oitenta e poucos anos. Enquanto baixavam o caixão, o silêncio era absoluto. Foi então que escutamos a voz grave e comovida de um garoto de 21 anos: "Obrigado, vô". Nossa. Aquele "obrigado" continha todos os sorvetes que haviam tomado juntos, todas as brincadeiras, todos os abraços, todas as discussões, todas as idas ao estádio, todos os conselhos, toda a possante presença de um na trajetória do outro.

Serve para a morte de um parente, de um amigo ou de uma pessoa pública que fez a parte dela para tornar o mundo mais suportável. Se, ao cair do pano, ninguém tiver nada a nos agradecer, de pouco serviu ter vivido.

É só abrir o jornal, espiar as redes: esta é uma época estranha, apressada, egocêntrica. Há muita gente do bem, mas várias não se importam com a dor dos outros, elogiam pouco, não escutam nada, não colaboram para a evolução da sociedade, são implacáveis com os outsiders e nunca se perguntam: será que, quando eu me for, deixarei uma impressão positiva sobre minhas atitudes e pensamentos?

Até um crápula pode deixar saudades numa namorada ou irmão, mas falo de algo maior. Quando você morrer, deixará ao menos uma ou duas pessoas transformadas por sua existência? Você terá feito diferença na vida delas?

Nem o dinheiro que acumulou, nem a big casa que construiu, nem seus títulos e prêmios, nem seu sobrenome, nem suas postagens, nem sua pele sem rugas, nem as festas, nem a fama, nem seu passaporte megacarimbado, nada, nada, nada disso vai sobreviver. Nossa vida pode ter sido preenchida por muitos convites e conquistas, pode ter sido rica em experiências curriculares e sensoriais, mas só o que dá real sentido a ela é a nossa ampla e franca generosidade, é a visão amorosa e humanista sobre tudo o que nos cerca, é o esforço em deixar o mundo um pouco melhor do que quando aqui chegamos. Se não merecermos um "obrigado" verdadeiro no final, aí sim pode-se dizer: que perda. Nossa vida terá sido em vão.

7 de abril de 2019

DO ATAQUE DE NERVOS AO ATAQUE DE RISOS

Um ano atrás, assisti à grande Juliette Binoche no filme *Deixe a luz do sol entrar,* cujo tema é o amor na maturidade. Uma decepção. A personagem, na faixa dos cinquenta anos, é obcecada pelo amor romântico, como se nada mais na vida importasse: nem a filha, nem os amigos, nem a carreira. Infantilizada, chora baldes porque seus encontros não prosperam. Lá pelo fim do filme, Gerard Depardieu, sempre uma presença magnética, faz uma participação especial e dá um toque para a madame: o amor é a coisa mais importante da vida, mas, durante as entressafras, a solidão pode ser solar também. Descoberta que já não merece um "extra! extra!", vai dizer.

Agora estive no cinema para assistir a *Gloria Bell,* com temática semelhante, porém mais realista do que o filme francês: a espetacular Julianne Moore interpreta uma mulher divorciada, filhos criados e distantes, com amigos ocasionais e que vive às turras com um gato que invade sua casa, mas que ela não quer como companhia: prefere sair para dançar e ver o que a vida oferece. Às vezes volta sozinha para casa, às vezes passa a noite fora com um desconhecido, até que surge um cara em quem, tudo indica, vale a pena apostar. E a coisa não sai como o planejado, claro. A questão é até quando isso será tratado como o fim do mundo.

Queremos amar e ser amadas. Aos 18, aos 38, aos 58 anos e mais. Encontrar alguém não é difícil, fazer a coisa funcionar é que é. Quando jovens, queremos que nossas ilusões fechem com as ilusões do outro. Se não fecham, dói. Já na maturidade, são nossas desilusões que precisam fechar com as desilusões do outro – me parece um ponto de vista mais divertido para construir alguma coisa.

O que me incomoda em alguns filmes que tratam sobre o amor na maturidade é que há uma insistente inclinação para o drama, como se todo adulto fosse um carente patológico que não consegue conviver consigo mesmo. O amor, nesta etapa, deveria ser encarado como uma sorte, um presente, não como uma corda a ser agarrada. Não faz sentido agirmos feito crianças indefesas lutando contra amores imperfeitos. A esta altura, deveríamos estar acostumados com as imperfeições. Já tivemos filhos e sabemos que eles não vêm embalados em papel celofane, já desencanamos do "pra sempre", já entendemos que não existe gênio da lâmpada e desejos atendidos, então o que nos resta é se relacionar com leveza, com humor e sem tanto idealismo. O bom da maturidade é que ela nos torna mais tolerantes com aquilo que é frustrante, chato, incompleto, mantendo nosso foco na parte bacana da história. Óbvio que sofremos por amor em qualquer idade, mas a passagem do tempo nos refina. Então, no cinema como na vida, menos neura, mais ventura.

21 de abril de 2019

SÓ LEMBRO QUE FOI BOM

Guardo muitos livros em casa, uma pequena biblioteca de milhares. Metade ainda espera minha leitura e a outra metade já foi devorada, mas ainda assim a mantenho, já que acontece comigo algo desesperador: não lembro o que leio. Nada. Qual era o nome do personagem, qual a trama, como é que termina. Nada.

Há quem recite trechos de seus autores preferidos, quem reconheça passagens de obras lidas anos atrás e quem declame poemas alheios como se fossem seus. Não lembro nem meus próprios versos, o que dirá os versos dos outros. Amo os livros e tenho com eles uma relação doentia. Doença neurodegenerativa: o sentimento fica, a lembrança vaza.

Outro dia, observando as lombadas perfiladas nas prateleiras, encontrei *Longamente*, de Erik Orsenna, romance francês que recomendei para muitos amigos, inclusive para um jornalista que se encantou a ponto de entrevistar o escritor em Paris. Pois mal me recordo do livro. O personagem amava uma mulher casada, e mais não sei dizer.

Não há como esquecer *Canção de ninar*, de Leila Slimani. É um romance recente e impactante. *Tirza*, de Arnon Grunberg. *Enclausurado*, de Ian McEwan. São livros que ainda retenho, pois não faz tanto tempo que os li e trazem passagens que abalam e surpreendem, mas o critério "não-faz-tanto-tempo-que-os-li" não é confiável. Três dias atrás fechei um livro que li com prazer, mas não me pergunte do que se trata. Sumiu de dentro de mim.

É uma espécie de mal de Alzheimer restrito apenas aos livros. Vejo a foto da capa, tenho certeza de que passamos bons momentos juntos, mas não me vem nenhum registro da história. E aí me pergunto: vale a pena continuar com o hábito da leitura, se logo depois perderei esse investimento de tempo?

A boa notícia: vale. É preciso confiar em tudo o que se conecta com a nossa sensibilidade. A retenção não precisa ser formal, ninguém irá nos sabatinar sobre o enredo, o que importa é a consequência emocional da leitura, a interiorização das descobertas, as portas que se abriram dentro da gente e que nos transformaram, mesmo sem termos consciência disso. O poeta José Paulo Paes explica assim: "Cultura é tudo aquilo que a gente se lembra após ter esquecido o que leu. Revela-se no modo de falar, de comer, de ler um texto, de olhar o mundo. É uma atitude que se aperfeiçoa no contato com a arte. Cultura não é aquilo que entra pelos olhos, é o que modifica seu olhar". Grande poeta, que faleceu em 1998. Li muitos poemas de José Paulo Paes e não recordo de nenhum. Mas certamente sua poesia me deu alguma percepção que eu ainda não tinha da vida, e isso me tornou melhor, maior e mais humana. Como acontece a cada bom livro que leio e que desgraçadamente esqueço.

28 de abril de 2019

APENAS MUDAM DE ENDEREÇO

Eu o conheci, era um garoto francês que viveu dois anos na Austrália, depois trabalhou nas ilhas da Polinésia e então resolveu dar uma passada em sua antiga casa, em Brive-la--Gaillarde, onde sua mãe mora até hoje. Ela quase caiu para trás quando abriu a porta e deparou com aquele magricela barbudo, parecendo Robinson Crusoé e que continuava com a mania de surgir sem avisar. O guri deu um beijo nela, dormiu em sua velha cama, matou saudade do *bouillabaisse*, deu outro beijo na mãe e partiu. Hoje mora no Peru e continua em trânsito, sem data para enraizar.

Com uma garota baiana se deu de outro jeito. Ela foi para os Estados Unidos a fim de estudar seis meses, o que sua mãe considerou um exagero de tempo, mas não era: quanto tempo dura, hoje, seis meses? Uns trinta minutos. A garota acreditava mesmo que num piscar de olhos estaria de volta, mas conheceu um texano e se apaixonou por ele. Avisou à mãe que daria uma esticada de mais trinta minutos na terra do Tio Sam e a mãe só não enfartou porque adoecer custa caro – preferiu juntar dinheiro para comprar uma passagem e fazer um enxoval para a menina, era dessas. O texano se casou com a garota baiana em Austin, diante da sogra, que entregou em mãos os lençóis e as toalhas bordadas antes de retornar para sua Cachoeira, no Recôncavo, onde aprendeu a usar o Skype.

Sei de uma mãe que teve três filhos homens e cada um deles mora num lugar mais absurdo que o outro. O primogênito no Azerbaijão, o do meio no interior da Tailândia e o caçula em Windhoek, na Namíbia, África. Só pode ser implicância deles, ela resmunga. Por que tão longe? A família se reúne todos os anos em janeiro, em Porto Alegre, que é quando os garotos conseguem se desvencilhar de suas atividades. A mãe adorava ir para Capão da Canoa logo após o réveillon, mas agora ficam todos fritando juntos no verão da capital gaúcha porque, além de visitar a matriarca, eles querem também rever os amigos e jantar no Barranco.

Poderia continuar, houvesse mais espaço, mas tenho certeza de que você conhece histórias melhores, talvez até uma em que você, mãe abnegada, seja a protagonista. Seu filho estará com você neste domingo ou mora em Goiânia com a mulher e um bebê cujo crescimento você acompanha pelas redes? Sua filha estará com você ou fazendo curso de gastronomia no Pará? Seu primogênito voltou para o interior? Sua princesa foi fazer teatro em Nova York? A maioria das mães de adolescentes e de jovens adultos, às quais me incluo, tem ao menos um filho em algum lugar do Brasil ou do mundo, de mochila nas costas, hospedado em hostel, alugando um quarto na casa de alguém ou casado com um estrangeiro, fazendo a vida lá fora. Meu beijo solidário. Não há outro jeito a não ser aceitar a inversão do ditado – filho é tudo igual, só muda de endereço.

12 de maio de 2019

LER POR QUÊ?

Recentemente lancei uma coletânea de crônicas e acabei participando de alguns eventos literários. Nessas ocasiões, costumo ser questionada sobre a importância da literatura. Nenhuma novidade: ler é básico porque nos ensina a escrever melhor, alarga nosso horizonte, nos diverte, nos emociona e nos coloca em contato com vivências nunca experimentadas, o que ajuda a minimizar preconceitos, a desenvolver a tolerância e a perceber as minúcias da nossa existência. Não me parece pouca coisa.

Muitos concordam, mas não acreditam que funcione na prática. Funciona e vou exemplificar. Anos atrás, recebi um e-mail de um rapaz que não entendia como eu poderia ter gostado de *Linha de passe* (direção de Walter Salles e Daniela Thomas, 2008) e *O banheiro do papa* (direção de César Charlone e Enrique Fernández, 2008), filmes que, segundo ele, não possuem nenhum atrativo: os atores são desconhecidos, os cenários são miseráveis, o figurino é relaxado, enfim, dois filmes pobres. Lembro que ele citou Joãosinho Trinta e sua máxima: "Quem gosta de miséria é intelectual". Ele perguntava a razão de tantos cineastas latino-americanos, mesmo quando têm grana ("Walter Salles é filho de banqueiro, pô!") não fazerem filmes bonitos e agradáveis como *O diabo veste Prada*, *Uma linda mulher* e outros.

O garoto é burro? Seria simplismo defini-lo assim. O problema é que ele não tem perspectiva. Aprendeu que riqueza é ter dinheiro e pobreza é não ter, e deste ponto ele não avança. Apesar de os blockbusters citados serem filmes realmente bonitos e agradáveis, *Linha de passe* e *O banheiro do papa* são infinitamente mais ricos. Ele não compreende isso porque possui um conceito de riqueza e pobreza muito literal. Ele daria o Oscar de figurino para *O diabo veste Prada* baseado nas grifes que Meryl Streep vestiu, sem entender que um figurinista faz um trabalho muito mais conceitual quando coloca um surrado calção Adidas no personagem que interpreta um moleque de subúrbio. Da mesma forma, já ouvi alguém dizer que não acreditava que se pudesse gostar mais de *Paris Texas* do que de um filme do James Bond. Sua visão de beleza restringe-se aos locais onde circula o espião: a Riviera Francesa, castelos, cassinos. Milhares de pessoas concordam, pois este é seu único critério de beleza, o do cartão-postal. Precisam encher seus olhos com o luxo, já que têm dificuldade de se comover com a solidão, com o silêncio, com a sutileza, com o mistério. Rechaçam o cenário desértico do filme de Wim Wenders sem identificar o deserto interior que todos nós trazemos dentro. Eles também têm sutilezas e mistérios dentro de si, só que, sem literatura, fica mais difícil reconhecê-los.

Ler não impede que gostemos de pura diversão, mas nos capacita para ir muito além. Por essas e outras, salve a cultura e vida longa aos livros.

26 de maio de 2019

OS INVISÍVEIS

Conscientemente ou não, todos nós sentimos necessidade de deixar a nossa marca: uma vida passada em branco não empolga. Alguma coisa de nós tem que permanecer, e a feitura de filhos tem dado conta deste propósito, mas, depois de tê-los, descobrimos que filhos não são uma extensão de nós, e sim criaturas independentes. Não servem de dedicatória para o mundo.

Uma vez escrevi sobre as pichações que vemos estampadas tanto em muros baixos como em prédios altos. Há uma quantidade enorme de jovens que se arriscam para desenhar ou escrever qualquer bobagem, em lugares bem visíveis, sem se importar com a imundície e com a violação do espaço público. É a dedicatória deles: "Para a cidade, com o meu desprezo". Grafiteiros, ao contrário, são artistas, deixam sua marca para a cidade com criatividade e brilhantismo. O pichador deixa um recado, apenas: também existo, mesmo que você não me veja nem saiba quem sou.

Tenho me perguntado a razão de a violência urbana continuar aumentando. Tráfico de drogas, pouco investimento em educação, ausência de policiamento, corrupção, famílias desestruturadas, cultura desprestigiada, ignorância. As explicações trafegam por este universo de carências e deságuam no ego: todos se sentem especiais e querem que o mundo os conheça. Há duas maneiras de existir: fazendo coisas bem-feitas ou coisas malfeitas, sendo produtivo ou sendo destrutivo, respeitando as leis ou desafiando-as. Seja qual for o caso, chamar a atenção é o objetivo.

    A violência, mesmo quando acontece entre quatro paredes, mesmo quando é contra uma única pessoa, atinge a sociedade inteira. É, portanto, uma assinatura. Estamos vivendo com tão poucas oportunidades de realização que a brutalidade é hoje um ato desesperado para se tornar visível. E, como se sabe, é mais fácil ser ruim do que ser bom. "Foi tudo muito rápido", dizem todos os que testemunharam uma tragédia. É rápido mesmo. A pulsão do mal é instantânea, desestabilizar não requer nenhuma sofisticação, nenhum nível de consciência, nenhum preparo. Um soco, um tiro. Tá feito.

    A paz vem da sensação de termos uma identidade própria e de sermos reconhecidos por ela. Deveríamos bastar para nós mesmos, fazer aquilo que consideramos certo e justo sem nos preocuparmos com a opinião alheia, mas a indiferença é a pior das solidões. Queremos que os outros vejam o que sabemos fazer, e se não houver oportunidade de trabalhar, de realizar um projeto elogiável, de praticar um esporte, de fazer parte de um grupo bacana e manifestar as próprias ideias, a pessoa não ficará em casa desfrutando sua invisibilidade. Ela fará o outro enxergá-la na marra, nem que seja provocando dor.

23 de junho de 2019

JEJUM SALVA

Milhões de pessoas ainda sentem fome neste país, porém outros tantos milhões comem e ficam acima do peso ideal. A fórmula para manter a boa forma não é segredo: alimentação balanceada + exercícios físicos. Mas, como se sabe, nada é tão simples, e mesmo quem não é gordo costuma penar para perder os famosos dois quilinhos extras – meu caso. Troquei o suco de laranja pelo suco de uva integral, tento evitar pão branco, procuro comer mais frutas e verduras, enfim, medidas paliativas às quais a gente adere quando o caso não é grave.

  No momento, ando atraída pelo novo queridinho de quem ama dietas: o jejum intermitente, que consiste em passar doze, catorze, dezesseis horas sem ingerir nada além de água. Não adote este jejum sem consultar antes um especialista. Estou trazendo o assunto porque sou das que acreditam que o corpo armazena nutrientes suficientes para manter nossa energia, mesmo sem a gente se alimentar por um longo período (volto a dizer, converse com um profissional) e porque o tema serve de gancho para discutirmos outro jejum, e esse qualquer um pode começar agora mesmo. É o jejum existencial. Não para ficar magro, e sim para ficar leve.

  As pessoas se empanturram de encrencas, sem levar em conta a inteligência emocional. Já ouviram falar vagamente a respeito, sabem que todo mundo é beneficiado por ela, mas, na prática, continuam investindo no autoboicote, e dá-lhe vida pesada. Jejum é a solução. Jejum salva.

Passe doze, catorze, dezesseis horas sem pensar que estão te perseguindo, sem fazer fofoca sobre os outros, sem criar confusão, sem levantar a voz, sem acreditar que é mais sabido que os demais, sem achar que o mundo lhe deve favores e reverências, sem chatear a humanidade. O que é um chato? Cada um tem uma definição. A minha: é aquele que acha que todos estão interessados no que, na verdade, só a ele interessa. Então, corte as minúcias, corte o egocentrismo, corte a soberba, corte a desconfiança, corte a brutalidade, corte a deselegância, corte a impaciência, corte a arrogância. O que sobra? Um sujeito querido, uma garota fácil de lidar, gente bem-humorada sem nariz empinado. O que sustenta essa gente? A autoestima. Ninguém precisa ser grosso para ser visto. Ninguém precisa ser exibido para ser amado.

Corte queixas, implicâncias e a tendência a rugir por besteiras. Não seja o terror das reuniões, o namorado estressado das festas, a sobrinha que faz longos discursos durante o churrasco, a vítima de sempre no grupo de WhatsApp, o magoado eterno. Evite colocações inoportunas e não procure cabelo em ovo. Que ovo? Jejum! Por doze, catorze, dezesseis horas seguidas, não crie caso. Duas vezes por semana, procure não ser tão pessimista, alarmista, ranzinza. Deixe o celular carregando em casa e vá dar uma volta a pé no quarteirão para descarregar-se. Emagrecer é difícil, perder peso não é.

30 de junho de 2019

DEPOIS QUE ELA SE VAI

Oba, amanhã é dia de faxina! Esse é o comentário entusiasmado de quem deixou dezessete copos sujos na pia, de quem não se deu ao trabalho de desvirar o vaso de terra que foi derrubado pelo gato no tapete da sala, de quem deixou marcas de dedos no vidro da janela e o pó acumulando no canto dos móveis.

Oba, amanhã é dia de faxina! É o brado dos que largam jornal velho na área de serviço, dos que varrem os farelos do pão para baixo do balcão da cozinha e dos que não passam nem um papel-toalha no fogão depois de um fim de semana de frituras.

Oba, amanhã é dia de faxina, diz o dono de um sobrado num domingo à noite, ao perceber a semelhança do seu pátio com uma avenida após a passagem de um bloco de carnaval. Oba, amanhã é dia de faxina, exclamam duas preguiçosas que dividem um apê e que não largam o celular nem para recolher os fios de cabelo grudados no ralo do box ou para procurar a tarraxinha do brinco que escorregou para baixo da cama. Uma faxineira na segunda-feira equivale a uma fada madrinha, a uma visita de Nossa Senhora.

Medo! Amanhã é dia de faxina!

Medo? Também. A impecável faxineira deixará tudo brilhando, sem vestígios do churrasco que o patrão fez para vinte amigos e sem vestígio do desleixo das duas molengas que não levantaram da cama no domingo. A faxineira encontrará a tarraxinha e deixará o apartamento um brinco. Ficará tudo tinindo e fora de lugar. É esse o drama: depois que ela se vai, a casa parece outra.

Você retorna à tardinha, depois de um dia de trabalho, e está tudo quieto. O desengordurante com aroma de flores silvestres deixou um cheirinho de limpeza no ar, mas o caderno de anotações em cima da sua escrivaninha desapareceu. O porta-retratos com a foto da sua mãe estará na quinta prateleira da estante e não na terceira. Sua pedra espetacular, trazida do Marrocos, foi jogada no lixo. Os fios do seu equipamento de som foram desconectados – nem o cabo do seu roteador escapou, você está offline.

As fronhas foram colocadas do lado invertido, os copos foram guardados em algum lugar misterioso, os tapetes estão trocados e sua escultura do Buda foi parar no hall de entrada – ficou melhor ali, admita: sua funcionária tem tino para decoração.

Oba, faxina! Exclamação dos que ainda podem se dar ao luxo dessa ajuda. Mas o medo ronda aqueles que sofrem ao perceber que a caixa de fósforos não estará na gaveta habitual. Que não suportam ver seus livros dispostos de outro jeito. Que ficam fulos ao ver que o violão foi colocado no armário em vez de encostado na parede. Cadê o respeito pela nossa bagunça tão familiar? Quem somos nós sem nossos desarranjos? Quem pode compreender a ordem da nossa desordem? Não é hora de filosofar, e sim de descobrir onde a maluca enfiou o gato.

7 de julho de 2019

BOM DIA PRA VOCÊ TAMBÉM

Faz bastante tempo. Estava na fila da bilheteria de um museu em Paris e, quando chegou minha vez de ser atendida, a primeira coisa que eu disse foi "one ticket, please". A atendente olhou fundo nos meus olhos e, fazendo uma mesura com a cabeça, respondeu com um sorriso cínico: "Bonjour, mademoiselle".

Eu era uma menina e não sabia nada. Aquele *bonjour* significava muito mais do que "bom dia". Significava: "Não te ensinaram em casa que se deve cumprimentar as pessoas antes de falar com elas?". Significava: "Não passa pela sua cabeça que talvez eu não fale inglês e que seria mais educado você pedir licença antes de se dirigir a mim em outro idioma?". Significava: "Mesmo que você saia daqui blasfemando contra a arrogância dos franceses, aprendeu a lição?".

Oui, madame. Sou grata até hoje, mesmo a senhora tendo me humilhado na frente de todo mundo – a humilhação é didática. Mas, cá entre nós, não precisava tanta frescura, era só receber meu dinheiro, entregar meu ingresso e sorriríamos uma para a outra com a simpatia de quem nunca mais se veria na vida, e eu continuaria sendo um doce de garota, apenas um pouco distraída, só isso.

Minha defesa é boa (somos sempre os melhores advogados de nós mesmos), mas não me inocenta. Essa coisa de chegar atropelando, fazendo pedidos como se fôssemos os reis do universo, indo direto ao assunto sem antes um olá, um tudo bem, um como vai, faz parte do manual de péssimas maneiras. Vale para qualquer contato: com o porteiro, com o garçom e até com os nossos íntimos – intimidade não é álibi para grosserias. Tenho um amigo que, quando me telefona, não se identifica nem pergunta se estou ocupada, sai falando como se eu tivesse obrigação de reconhecer sua voz e como se nossa última conversa não tivesse ocorrido três meses atrás e sim há três minutos (é, você mesmo, estou dando uma de francesa aqui e puxando suas orelhas em público, mas não deixe de me ligar, vamos rir disso tudo, ok?).

Acabei de voltar de Paris e espalhei por lá uns 4.890 *bonjour* e outros tantos milhares de *bonsoir* e mais uma tonelada de *merci, s'il vous plaît* e *excuse moi*, que são os passes livres para um atendimento cordial e para ter a sensação de que alguma coisa decente ainda resta nestes tempos em que ser agressivo parece a única forma de se comunicar – o diálogo, o bom humor e a ponderação sumiram do mapa. Eu não preciso pensar como você, nem você como eu, posso te cumprimentar e logo em seguida discordar de suas ideias, e você das minhas, e isso não faz de mim uma ignorante, nem de você. Somos bilhões de diferentes, e o assunto aqui nem era sobre diferenças, e sim sobre os simples gestos que tornam a vida ligeiramente mais agradável para todos. Era isso. Obrigada. Bom dia.

21 de julho de 2019

UM PROJETO DE PASSADO

Em 1970, eu tinha nove anos e a certeza de que vivia no melhor país do mundo: não havia violência, fome, desemprego, só paz e amor. Um general assumiu a presidência e dali por diante eu cantarolava pela casa uma música que dizia "Ninguém segura a juventude do Brasil". Nos adesivos dos carros, lia-se "Brasil, ame-o ou deixe-o". Se alguém não gostava daquele paraíso, tinha mesmo que sumir, pô, que ousadia se queixar de uma nação próspera e pacífica. Ganhamos a Copa do México, ninguém perdia um capítulo de *Irmãos Coragem* e eu rezava todas as noites, agradecida a Deus pela sorte de ser brasileira – aliás, o que Ele também era.

Em 1980, eu tinha dezenove. Fazia a faculdade de Comunicação e namorava um colega que não parecia em nada com um galã de novela. Assistia aos filmes do Godard, tinha Simone de Beauvoir na mesa de cabeceira e cantarolava Beatles e Rolling Stones. Colecionava uma revista chamada *Pop* e ainda estava impactada pela peça *Trate-me Leão*, do grupo Asdrúbal Trouxe o Trombone. Pela tevê, acompanhava a volta de exilados políticos (Gabeira, Brizola, Betinho), entendendo finalmente que aquele país da minha infância era um paraíso de fachada – não havia liberdade. Seguravam a juventude do Brasil, sim, com tortura e desaparecimentos súbitos. Eu já não rezava.

No curto espaço de dez anos, deixei para trás a alienação e entrei na vida adulta, bem menos cor-de-rosa, porém mais verdadeira e interessante. E a partir de então, fui moldando minha mentalidade à medida que o mundo mudava, e como mudou. Se antes mulheres eram obrigadas a trocar de sobrenome ao se casar, logo passaram a praticar livremente sua sexualidade e a ganhar seu próprio dinheiro. Depois da ditadura, vieram eleições diretas. Viajar ficou mais fácil. O cinema brasileiro se fortaleceu, escolas promoviam feiras do livro, veio a tevê por assinatura e seus múltiplos canais. As alterações climáticas provocaram consciência ambiental, a internet revolucionou a forma de se trabalhar e se relacionar, o preconceito contra homossexuais diminuiu. O politicamente correto, mesmo chato, ajudou a civilizar as relações. Passamos a ter acesso ilimitado à informação, evoluções na ciência e na medicina, mais proteção aos animais, inúmeros movimentos pró-aceitação das diferenças. O mundo avançou, mesmo aos trancos, mesmo ainda com muita violência, mesmo ainda com desigualdade. Avançou porque todos nós – cidadãos, instituições, nações – temos um projeto de futuro.

Ninguém em sã consciência investe num projeto de passado. Não é natural, não é racional, não é inteligente. Portanto, que sigamos abrindo portas e janelas, arejando nossas cabeças, saudando o novo, aprimorando o que ainda não está bom, amadurecendo nossas escolhas – crescendo, enfim. Com alegria, liberdade e confiança. Enfrentemos as dificuldades inerentes a toda caminhada, em vez de apoiar um retrocesso piegas, simplório e mal-intencionado, que só visa nos iludir com um mundo que não existe mais.

28 de julho de 2019

ARTISTA É TUDO PORRA-LOUCA

Não estranhe o termo, é de uso corrente, como "esporro", "porrada", essas coisas que qualquer criança fala. Aliás, principalmente elas. Outro dia escutei de uma criança grande (uns 37 anos) a frase que deu origem ao título desta crônica, e convido a ela, e aos que concordam com ela, a refletir: cantores, dançarinos, coreógrafos, cineastas, músicos, atores, escritores, pintores, escultores, artesãos, estilistas, fotógrafos, designers serão mesmo doidos? Poderia acrescentar outras profissões em que a criatividade é a tônica, mas entendi que ele se referia ao artista notório, aquele que tem fã clube e dá entrevista na tevê. Como o porra-louca do Luis Fernando Verissimo ou a porra-louca da Adriana Calcanhoto.

O mundo anda tão careta que um pouco de porra-louquice virou virtude, mas acredito, mesmo, que "mais louco é quem me diz e não é feliz", verso iluminado dos Mutantes, que talvez tenham tomado uns uísques antes de compô-lo, ou fumado alguma erva ilícita, mas também podem tê-lo escrito às quatro da tarde diante de um copo de leite.

Médicos atendem em postos e hospitais, e quando sobra um tempo, consomem arte. Economistas estudam finanças, e quando sobra um tempo, consomem arte. Artistas exercem a arte, estudam sobre arte e, quando sobra um tempo, consomem arte: eis sua overdose. Criam roteiros, aquarelas ou o que for, e no resto do tempo leem livros, visitam exposições, vão ao teatro, escrevem poemas, veem filmes, convivem com os colegas, pesquisam tendências, buscam inspiração 24 horas. Não é entretenimento, e sim voracidade, alimento para o espírito. Aí acontece: sendo arte a expressão das dores do mundo, o artista refina ainda mais sua sensibilidade, expande sua consciência, transcende os costumes. Compreende o que faz o outro sofrer, por isso é menos preconceituoso, mais tolerante, defende quem não tem a representatividade que ele tem. O artista cede seus olhos, seu corpo, suas palavras para que o mundo enxergue a dor universal, que não é só dele, é de todos.

Janis Joplin morreu aos 27 anos, mesma idade em que morreram Hendrix, Amy e Kurt, e também Sônia, Miguel, Tereza, Fátima, que não conhecíamos. Charles Bukowski era despudorado, assim como Flávio, Marcos, Beth, Inês, que nunca narraram seus porres. Artistas trocam muito de parceiros sexuais? Será? Tão mais que Valéria, Gastão, Ricardo, Zilda? O que o artista tem de excessivo é seu compromisso com a linguagem. Sua intimidade é sua argila, seu passo de dança, seu close. O público e o privado, para ele, são uma só matéria-prima. Enquanto uma balconista, um bancário, um garçom ou uma engenheira costumam expor suas angústias e êxtases só depois do horário comercial, o artista faz uso dessas emoções em seu horário de expediente, que é largo, infinito. Impossível retê-las, ou não existiria a arte. É liberdade que se chama, não porra-louquice.

4 de agosto de 2019

DEZOITO CARTAS EXTRAVIADAS

Já não tenho onde guardar meus livros. Mesmo fazendo doações, eles se acumulam nas prateleiras do quarto, na biblioteca da sala, até dentro da churrasqueira. No meu escritório, tinha um sofá tão coberto por livros que ninguém percebia que era um sofá, e como meu gato destruiu seu forro, resolvi trocá-lo por uma estante e só então organizei a montanha de publicações ali empilhadas. Enquanto meu gato perambulava pela casa em busca de outro alvo para afiar suas unhas, eu reencontrava títulos que julgava perdidos. De repente, ensanduichado entre um livro de poemas e um romance, deparei com um envelope pardo que nunca havia sido aberto. Devo tê-lo largado ali enquanto fui buscar um copo d'água, depois o telefone deve ter tocado, e o esqueci. O envelope havia afundado entre os entulhos. Vi a data do carimbo: 04/07/2017.

Era volumoso. Rasguei o lacre e, primeiro, puxei um bilhete manuscrito de uma professora. Aos poucos, minha memória foi voltando: ela havia trabalhado em sala de aula com o meu livro *Tudo que eu queria te dizer*, que reúne 35 cartas fictícias, e agora seus alunos me enviavam respostas, também fictícias, para essas cartas. Maristela Lang, a professora, dizia que foram produzidos 68 textos pelos estudantes do terceiro ano do Ensino Médio, mas ela estava me enviando apenas dezoito, imaginando que eu não teria tempo para ler todos. Ah, Maristela.

Enquanto eu retirava os dezoito impecáveis envelopes brancos que estavam dentro do grande envelope pardo, pensava: a essa altura a garotada já terminou o colégio, devem estar na faculdade. Oh, Deus, que sejam textos horríveis, para que eu me sinta menos culpada pelo meu silêncio.

Não havia nenhum texto menos que ótimo. A criatividade era assombrosa. A cada carta que eu abria da Bruna, da Gabrieli, da Giovanna, do Luis, do Eduardo (gostaria de citar todos), mais emocionada ficava. Eles deram continuidade aos meus enredos. Interagiram com meus personagens. Inventaram reações surpreendentes para meu padre, meu assassino, minha prostituta, até então limitados às minhas histórias. Eu tinha em mãos a prova da potência da literatura, do quanto ela é transformadora, eletrizante. Alguns alunos subverteram a tarefa dada pela professora e escreveram não para os personagens, e sim para eles mesmos, quando estivessem no futuro. Um futuro que já estava em andamento, mesmo paralisado por dois anos num sofá aos pedaços.

Maristela, só me resta uma desculpa pública. Perdão pelo atraso e parabéns pelo projeto que envolveu os alunos da turma de 2017 do Colégio Tiradentes, de Ijuí. Espero que você ainda esteja lecionando, que você siga inspirando os jovens a expressarem seus sentimentos, que sua sala de aula continue sendo um espaço livre para novas ideias, que você ainda os provoque e os encante. Obrigada. Foi um tesouro o que encontrei entre meus escombros.

11 de agosto de 2019

COMO É QUE DIZ?

A entrevista era para uma rádio e foi dada por telefone, só áudio, o que me salvou do vexame. Os ouvintes não me viram fechando os olhos, franzindo o cenho, buscando no fundo do cérebro a palavra que não vinha. Cheguei a dar dois soquinhos na testa, tentando acordar alguém lá dentro. Não adiantava. Era um verbo básico, corriqueiro, desses que a gente usa toda hora, mas desapareceu. E eu ali, com a frase pela metade, sem conseguir concluir. Desesperador. Esse tipo de vacilo parece durar cinco angustiantes minutos, e não apenas cinco segundos, que é o tempo que a gente costuma levar para buscar uma expressão substituta.

Nada a ver com nervosismo ao falar em público. Acontece a mesma coisa quando estou tendo uma conversa informal: na hora que a palavra vai sair pela boca, evapora. Fico feito uma pateta, sem lembrar o que ia dizer. Outro dia, estava recomendando uma profissional para uma amiga e queria usar um adjetivo para valorizá-la. E a droga do adjetivo não vinha. "Ela é muito... como diz? Muito... muito.... como diz quando a pessoa é... quando ela não faz...."

Minha amiga tentava ajudar. "Muito econômica? Muito honesta?"

"Não, não... Ela é muito... ah, caramba, como diz quando a pessoa é... quando não se... quando fica na dela... DISCRETA!!!! Ela é muito DISCRETA!!"

Essa era eu, exaltada pela vitória. Minha amiga e eu rimos à beça, ela também tem seus lapsos.

A senilidade, dizem, é a causa dessa amnésia ocasional. Pode ser, eu aceito o diagnóstico sem resmungar, mas acho que, no fundo, é cansaço. A gente passa a vida dando explicação, emitindo opiniões, tentando se fazer entender. Lá pelas tantas, esgota. Tenho procurado falar menos e escutar mais, não por ser magnânima, mas por pura preguiça. Não tenho mais energia para provocar discussões ou prolongá-las. Já não me entusiasma fazer alguém mudar de ideia, já não busco argumentos para convencê-la disso ou daquilo. É muito esforço. O silêncio nunca me pareceu tão confortável.

Assim sendo, aproveitando que ando mais relaxada, meu vocabulário ficou disperso. Às vezes, quando estou conversando com alguém e começo a contar uma história, não encontro um determinado verbo na ponta da língua, onde ele deveria estar. Não sei onde se mete. Some junto com algum substantivo.

Deve acontecer com você também, de vez em quando. Não chega a ser grave, mas é... como que diz... é... ah, meu Deus... é.... CONSTRANGEDOR! Isso, constrangedor. Então, por via das dúvidas, ando reduzindo as atividades em frente ao microfone e me afastando de plateias numerosas. Para evitar fiascos, já que estou sendo paulatinamente abandonada pelas palavras, logo por elas. De escritora para ex-critora, em breve. Sem drama. Continuemos a rir.

18 de agosto de 2019

QUERO ME DEMORAR

"Não vou me demorar", disse ela entrando na minha casa, e admito que achei bom, porque eu estava com o dia muito atarefado, mas depois que ela foi embora, me dei conta de que não havíamos conversado o suficiente, e que as coisas que eu tinha para fazer eram, afinal, menos importantes do que escutá-la. Mas ela saiu voando, já era. Voltará um dia, e mais uma vez será rápida a sua visita, e mais uma vez estarei correndo atrás de mais tempo, esse tempo que parece sempre tão reduzido – deixou de ser largo por quê?

Pela nossa pressa, ué. Pela urgência de fazermos meia dúzia de coisas pela manhã e outra meia dúzia à tarde, ocupando todos os horários da agenda. Não anseio mais essa produtividade que faz com que a vida seja absorvida em goles curtos. A continuar nesse ritmo acelerado, o fim chegará correndo. Quero me demorar.

Este ano, tirei férias de trinta dias, eu que costumava dividi-las em três parcelas de dez. Continuo gostando da ideia do parcelamento, que me permite conhecer mais lugares, diversificar minhas experiências, mas descobri que trinta dias corridos não correm, passam devagar. Não preciso acordar cedo de manhã para aproveitar o máximo de atividades que conseguir encaixar no dia. Posso estender o almoço até às 17h, perder uma tarde caminhando à beira-mar ou com um livro nas mãos – não escuto ninguém me chamando. Já não escuto eu a me chamar.

Antes, quando estava fazendo algo, escutava minha voz me chamando em outro lugar, uma espécie de alarme que não permitia que eu relaxasse. Era como se eu tivesse que sair correndo para amamentar, como se houvesse um amor me esperando no outro lado da cidade, como se eu tivesse que colar um novo caquinho no mosaico da minha vida. E mais um. E outro mais.

Uma vida ativa, movimentada – sempre gostei. Não me queixo. Mas isso tornava os dias mais curtos. Os meses mais ligeiros. O meu sono não tinha sonhos, mal adormecia e logo já estava em pé, abrindo as janelas. Ficava envaidecida com o meu vigor, dependia dele para conquistar meus objetivos, construir alguma coisa. Dar duro sempre foi necessário, mas de agosto até o réveillon era um sopro, eu dava adeus ao ano velho sem ter a sensação de que ele havia sido mesmo usufruído. Estamos em agosto e já é meu aniversário – de novo. Tenho a impressão de que recebo "parabéns a você" trimestrais. Faltam quantas horas para dezembro? Os ponteiros do relógio entraram em pane, giram em velocidade supersônica em torno do próprio eixo. Não acredito que vou tirar de baixo da cama a árvore de Natal que desmontei ontem.

Calma aí, disse para mim mesma outro dia. Não dá para estar aqui e estar lá adiante no mesmo minuto. Escolhi ficar, e vou me demorar.

25 de agosto de 2019

MIL COISAS

Meu reino por um assunto, penso a cada manhã. Um assunto que não faça o leitor sair de mãos abanando desta página. Que ao menos o distraia, que acenda uma fagulha, conduza a algum lugar. A um livro, por exemplo. Acabei de ler *Querida Konbini*, da japonesa Sayaka Murata, uma prosa simples, direta, com uma história que poderia ser trivial, mas não é (o talento dos grandes escritores é transformar o corriqueiro em matéria para reflexão). Estaremos nos saindo bem como seres humanos? É a pergunta embutida no livro, cuja resposta me desola: não, não estamos. Repetimos fórmulas consagradas de viver, mesmo que nos façam infelizes. Não sentimos compaixão, empatia e pouco nos responsabilizamos pelo mundo que deixaremos. Temos medo da horizontalidade, de conviver com quem é diferente. Os muros continuam a ser erguidos, separando em vez de unir. Só pensamos em nós mesmos.

O ego descontrolado é uma doença que se tornou epidêmica, um vexame, só que ninguém se envergonha, ao contrário, cada um de nós luta pelo seu quinhão de seguidores e bajuladores. Quem não é visto não é lembrado: uma humilhação viver em função disso. No fundo, o que gostaríamos mesmo era de dar uma sumida. O objeto do desejo passou a ser a invisibilidade, mas ela tem um custo alto.

Fernanda Young tinha um ego potente – e um talento proporcional. Entregava o prometido, nada era da boca pra fora. Escrevia, criava, interpretava, se expunha, se jogava: com ela, era das *entranhas* pra fora. Acabou virando um ícone, cuja morte aos 49 anos deixou a todos perplexos. Como assim, de forma tão súbita? Foi uma saída de cena surpreendente e de uma coerência involuntária. Morreu de uma parada cardíaca, mas, vá saber, talvez também do cansaço de existir tão intensamente.

Viver tem sido esgotante. Estamos fartos da violência, de todas elas. A violência do julgamento alheio, a violência da burrice, a violência da desesperança: como se destacar nessa sociedade de protagonistas, em que todos podem tudo?

Inclusive podem dar outro final aos fatos. Algum cineasta, um dia, talvez faça Fernanda Young viver até os cem anos, assim como Tarantino conseguiu, em *Era uma vez em... Hollywood,* nos enternecer e nos fazer suspirar de alívio ao trocar a violência de lugar, substituir a real pela caricata, aquela que é tão exagerada que se torna risível. Tarantino fez não apenas um bom filme, mas um filme bondoso, um filme que resgata nossa ilusão de que os mocinhos têm alguma chance.

E assim, misturando assuntos – a magia do cinema, a potência de Fernanda, um livro japonês, o desdém pelos outros, nossos egos inflados, a angústia universal – chego aqui, torcendo para que você não saia desta página de mãos abanando, que ao menos acredite que ainda há tempo de sermos melhores.

1º de setembro de 2019

PARAR A TEMPO

"Você tem que ser capaz de parar a tempo", disse Pablo Picasso, em 1932, sobre o segredo do ofício de escultor (o que ele era também, e magnífico). Como saber que uma obra está acabada? Não há um alarme sonoro que avise que chegamos ao limite, ainda mais em se tratando de arte. Um texto pode se prolongar e sofrer diversas revisões, um filme pode ser editado e reeditado tantas vezes quanto necessário. A arte é inquieta, está sempre sujeita a transformações de última hora e a inúmeras tentativas de aperfeiçoamento. Acrescentam-se cores, imagens, acordes, ao gosto do autor, que tem que ter muito autocontrole para dizer a si mesmo: basta. Ele precisa abandonar o que está fazendo e declarar o trabalho pronto. Não é uma despedida fácil.

Parar a tempo – a tempo de quê? A tempo de apresentar aos outros algo que faça sentido, e não uma demência completa. A tempo de preservar a ideia original, não avançar a ponto de destruir o conceito que se pretendia. A tempo de manter a integridade da obra. A eternidade da obra. Sua genialidade, se ela a tiver.

Invejo quem escreve um texto de um fôlego só. Sou artesã: escrevo, reescrevo, faço uma faxina meticulosa em cada frase e só me dou por vencida quando já não consigo manter os olhos abertos. Tchau, texto, vai com Deus. Dias depois, quando ele é publicado nos jornais, descubro uma palavra sobrando ou uma vírgula faltando e não me perdoo pela desatenção. Aí lembro que essa cobrança vem acontecendo há 25 anos e que a obsessão é prima-irmã da paranoia. Relaxa, mulher.

Como saber se dez pinceladas a mais modificariam o sorriso de Mona Lisa, tornando-a ainda mais enigmática? Como saber se o corte de dois parágrafos deixaria um conto de Dalton Trevisan ainda mais preciso? Pergunta inútil. Para quem está do outro lado do balcão, nada parece faltar ou sobrar: consome-se o que foi entregue. Só quem sabe onde poderia ter chegado é o próprio autor, e até isso é uma ilusão, porque ele não tem como prever que futuro teriam suas insistências. Prefiro acreditar que ele parou a tempo.

Vale para tudo. Parar a tempo uma discussão antes que acabe em pancadaria. Parar a tempo uma relação desgastada, antes que ambos comecem a se odiar. Parar de ser engraçadinho no Twitter a tempo de não entrar para a história como um boçal. Vale até para a hora de preparar o almoço: segure a ansiedade, não vá salgar demais o molho, exagerar na pimenta. Dê sua obra como acabada. Sua noite como encerrada. Seu casamento como concluído. "Até que a morte os separe" é romântico apenas para alguns casais sortudos – para tantos outros, é preguiça de decidir. Terceirizar para a morte a sua liberdade? Francamente.

Saibamos parar a tempo. De falar. De forçar. De beber. De postar. Todo vexame advém da falta de timing.

8 de setembro de 2019

PROTEÇÃO À FAMÍLIA

O retorno da censura é uma cortesia dos atuais governantes brasileiros, que parecem não ter outra preocupação a não ser proteger nossa família – até emociona tanta gentileza. O prefeito Crivella, do Rio, tentou recolher uma história em quadrinhos publicada dez anos atrás porque soube pelo Twitter que haveria em suas páginas uma ilustração que ele considerava imprópria para menores. Fez tanto estardalhaço que acabou projetando o que gostaria de ocultar: o desenho de dois personagens do mesmo sexo se beijando foi parar na capa dos jornais, viralizou nas redes e todo mundo viu. Um erro estratégico, mas valeu a intenção, ele só queria nos proteger.

O atual presidente do Brasil foi eleito, entre outras razões, porque também prometeu proteger nossas famílias: ele garante que o cinema nacional já não fará corar as senhoras de bem e continua incentivando cada pai a dar uma coça em seu filho ao primeiro sinal de que ele possa vir a ser gay. Ufa, estamos protegidos.

Uma pena não termos tido essa sorte antes. Poderiam ter nos privado dessa onda feminista, em que mulheres vêm a público lutar contra a violência doméstica e contra salários desiguais, quando deveriam estar atrás de um fogão preparando o jantar do marido e limpando os ouvidos da criançada, cumprindo assim seus deveres de mãe e esposa. Um governo protetor jamais decretaria luto oficial pela morte de Leila Diniz, e sim divulgaria um "vade retro" em alto e bom som, para evitar que o mulherio valorizasse maus exemplos.

Mas não. Deixaram passar a pílula anticoncepcional, o seriado Malu Mulher, a lei Maria da Penha. Só podia acabar em Bruna Surfistinha.

Eis que nossas famílias agora estão assim, desamparadas, precisando com urgência da tutela de homens sábios como Bolsonaro e Crivella. Graças a essas criaturas magnânimas, nossos filhos se sentirão tão envergonhados de serem "impróprios" que se casarão com pessoas que não amam, e serão infelizes e recalcados como manda o figurino. Nossas famílias temerão a liberdade, vivendo tranquilas como gado num curral, mugindo em uníssono. O pensamento será condicionado, os questionamentos serão silenciados e as janelas que dão para o mundo, cerradas. Deem-se as mãos, irmãos. Não precisamos de arte, pesquisa, abertura. Não precisamos de empatia e de informação. É perigoso conhecer novas culturas, descobrir como vivem e sentem as pessoas que não são como nós. Fechem os olhos, apaguem a luz. Repitam: só há uma única maneira de ser feliz, nenhuma outra. A maneira certa é a de quem traz a Bíblia embaixo do braço, sem precisar ler mais livro algum. Acreditem na sorte que tivemos: o mito veio nos salvar da tentação de sermos independentes. Entreguemos a Deus e aos Estados Unidos os nossos desejos, confiemos cegamente no Paulo Guedes e no Moro, e oremos.

15 de setembro de 2019

UM AMOR CLANDESTINO

Quase todos os homens e mulheres maduros já passaram por esta situação: ter em seu retrospecto um amor clandestino, guardado em segredo. Nem sempre isso aconteceu por infidelidade, há outros motivos para não tornar pública uma relação. Por exemplo, você começou a namorar alguém apenas dois dias depois de se separar do pai dos seus filhos: não vai pirar a cabeça das crianças, né? Se tiver juízo, vai encontrá-lo escondido um tempinho até apresentar aos pimpolhos o novo membro da família.

Ou começou a namorar o ex de uma amiga. Ela diz que não estava mais a fim dele, mas vai doer mesmo assim quando vir vocês dois enrabichados. Ele era dela até ontem, então, esperar algumas semanas antes de desfilar com o moço pelos mesmos bares e restaurantes que a turma frequenta será uma camaradagem elegante. Rapidinho sua amiga encontrará um novo amor, e aí sim, tudo ficará (mais ou menos) em paz.

Tem os casos de quem ainda não saiu do armário. Que inferno não poder viver livremente seu amor porque os parentes ficarão chocados. Já era para termos virado essa página, mas ainda há quem não tenha coragem de assumir sua condição. Respeito, mas torço para que consigam derrubar logo as grades desse cárcere emocional.

Outras clandestinidades: namorar escondido um colega do emprego (já trabalhei numa empresa em que o patrão não autorizava relações entre funcionários – será que isso ainda existe?), namoros entre professores e alunos (com o casal Macron, deu certo) ou namorar alguém que você simplesmente tem vergonha de apresentar. Que fiasco: você oculta a criatura porque ela é estourada demais, ou muito mais velha, ou tem um padrão econômico e cultural inferior, ou porque você teme que seus amigos surtem ao saber em quem ela votou nas últimas eleições. Pizza em casa, Netflix e dormir de conchinha: "Você me basta, amor". Ahã.

Leva tempo até a gente assumir nossas escolhas e nos orgulharmos delas. Pela razão que for, digna ou indigna, namorar escondido tem um aspecto romântico, mas não demora a cobrar seu preço. Como é que você vai conhecer bem a pessoa, se não testemunhar ela interagindo com o mundo? Ela não é sua, é da vida. Este é o grande barato, saber que estamos acompanhados por alguém que é tão imperfeito quanto nós, mas que ambos, juntos, se expandem, se ensinam, extravasam, discordam, se divertem. Unidos para sempre? Não é relevante. O que interessa é que não há (ou não deveria haver) nada a ocultar. Se seu par for desaprovado pelos outros, problema dos outros. Podemos amar muito entre quatro paredes, mas é nas ruas, parques, festas e cinemas que legitimamos o casal, essa sociedade que não nasceu para ser anônima.

6 de outubro de 2019

O QUE FAZ AS COISAS DAREM CERTO

Duas pessoas. Ambas têm a mesma escolaridade. A mesma origem social. As mesmas oportunidades. Por que a vida é generosa com uma e fecha a cara para a outra? O destino e a sorte têm pouco a ver com isso.

O que tem a ver é o nosso comportamento. Coisas simples nas quais não prestamos atenção alguma. Coluna assumidamente autoajuda, aproveite a promoção.

Vou me demorar no que me parece mais importante: a forma que cada um se comunica. A maioria dá o seu recado muito mal. Não estou me referindo apenas ao uso correto do português. A pessoa pode ser um acadêmico e mesmo assim ser um desastre ao transmitir o que pensa e o que deseja. Tampouco estou falando de técnicas de sedução. Estou falando de convocação para reuniões, convite para eventos, e-mails profissionais, bilhete para funcionários, mensagens de WhatsApp, postagens no perfil do Face e, claro, as conversas, todas elas: presenciais, telefônicas, gravação de áudios. A gente simplesmente reluta em deixar as coisas esclarecidas, não dá a informação completa, não contextualiza. É tudo racionado, fragmentado, e a culpa nem é dos atuais vícios tecnológicos: ser preguiçoso na comunicação vem da pré-história. Sempre foi assim. As pessoas acreditam que as outras são adivinhas, têm bola de cristal.

"Olá, desculpe o atraso da resposta, é a correria, mas vamos em frente, queremos muito fechar um bate-papo com você. Pode ser dia 21 de outubro?"

Exemplo que extraí da minha caixa de e-mails ontem, assinado por uma desconhecida. Fui checar na minha lista de excluídos se havia algum outro e-mail dela, para tentar descobrir do que se tratava. Havia. De fevereiro, quando ela fez um convite em nome de uma empresa. Ressurgiu agora como se tivesse pedido licença para ir ao banheiro e voltado em dez minutos. Não, não posso dia 21, obrigada, fica para a próxima.

Fazemos isso o tempo todo: não nos apresentamos direito, não retornamos contatos, não damos coordenadas, não cumprimos o que prometemos, não deixamos lembretes, não confirmamos presença, não explicamos nossos motivos, não avisamos cancelamentos, não falamos toda a verdade, não tiramos as dúvidas, não perguntamos, não respondemos. Parece tudo tão desnecessário. Aí o universo não coopera e a gente não entende por quê.

Além de se comunicar bem, há outros três grandes facilitadores na vida, coisas que interferem no modo como as pessoas nos analisam e que garantem nossa credibilidade: ser pontual, ser responsável e ser autêntico – esta última, das coisas mais cativantes, pois rara. Se o papa Francisco não é presunçoso, por que raios você seria?

É quase inacreditável: as coisas dão certo por fatores que estão totalmente ao nosso alcance.

13 de outubro de 2019

JOKER

Que personagem adotar para que a sociedade preste atenção em nós? Nascemos carentes: precisamos de quem nos alimente e nos proteja, e dá-lhe biquinho, choro, mamãe eu quero. Com sorte, receberemos amor e comida em troca, e aí será a hora de entrar para a escola: como ser benquisto em território desconhecido? Nossa adequação ajudará a fazer amigos, nossas estranhezas resultarão em bullying. Figurino, maquiagem e texto poderão facilitar nossa entrada na vida que sonhamos ter. "Seja você mesmo" é um conselho que só serve para aqueles que já sabem quem são, mas até aqui, estamos falando de quem ainda está tentando descobrir quem é – e como se fazer notar.

Arthur Fleck já está bem grandinho e ainda não sabe qual é a sua turma. Tenta fazer seu trabalho direito, mas é desprezado e humilhado. Os distúrbios mentais que traz da infância não ajudam nada. É um desajustado e tudo indica que continuará fantasiando que é popular e atraente, enquanto só apanha da vida. Até que entra em colapso: descobre que foi enganado pela única pessoa que o amava. Fim de linha. Só lhe resta virar o jogo da forma mais trágica que há. Estou falando dele, o *Coringa*, que está em cartaz comovendo multidões.

Um bandido comovente? Pois é. Mais um ser humano que precisa de amor e atenção, como todos. Quem não tem uma coisa nem outra, busca alternativas patéticas e até mesmo radicais para consegui-las (inevitável pensar nas redes sociais, onde cada um pode abrir sua janelinha e dizer: "Olha eu aqui!". A internet é o picadeiro de todos nós, inclusive de malucos ávidos por se transformarem em super-heróis, mesmo que às avessas).

Coringa é um arrebatador filme de ficção sobre um personagem que todos conhecem, o arqui-inimigo do Batman. Só que o maniqueísmo recorrente dos quadrinhos deu lugar a uma inquietante indagação: de que lado, afinal, eu estou? Inevitável torcer por Arthur Fleck (interpretado pelo magistral Joaquin Phoenix), um pobre-diabo que alguém muito "bonzinho" resolveu presentear com uma arma, a fim de que ele pudesse se proteger por conta própria, e o resto da história não é difícil de imaginar, Gotham City é aqui.

O mundo não é dividido entre bons x maus, e sim entre visíveis x invisíveis, acolhidos x desacolhidos, escutados x ignorados. "Seja você mesmo" é uma falácia para muitos, pois dificilmente saberemos quem somos se não tivermos uma certidão de nascimento e o registro de um afeto e de um cuidado verdadeiro nos primeiros anos de vida. Sem isso, caímos no mundo com uma bola vermelha no nariz, sendo ridículos para que nos percebam, até que a nossa dor atinja em cheio o coração alheio: comova-se ou morra. Mesmo não sendo um conto de fadas, o filme, de forma cínica, termina com o romântico lettering *The End* – ainda que a busca por uma identidade e outras reflexões que o cinema levanta estejam longe de acabar.

20 de outubro de 2019

VIDA DE ARTISTA

Ainda ela, claro. A quantidade de homenagens pelos noventa anos de Fernanda Montenegro será sempre insuficiente diante da sua grandeza. Aproveitando a data festiva, também li *Prólogo, ato, epílogo*, uma forma de me aproximar desta mulher com quem conversei timidamente uma única vez, por um minuto, quando fomos apresentadas por uma amiga em comum. E de conhecer não só sua história, mas a história do teatro brasileiro.

Entre tantas recordações, Fernanda menciona no livro a época em que era preciso ter uma carteirinha emitida pela Polícia Federal para poder transitar pelas ruas à noite. A imposição era destinada a duas categorias de profissionais: os atores de teatro e as prostitutas. Essa abjeta forma de controle acabou fomentando um preconceito que, mesmo tendo diminuído, sobrevive de forma subliminar: a de que toda atriz é puta.

Quando menina, achava a coisa mais linda ser atriz, mas nem cogitei em me aventurar. Fui criança nos anos 60 e início dos 70, quando os costumes começavam a ser revolucionados, mas não ainda na minha casa. Meus pais, mesmo sendo frequentadores do melhor teatro, não aplaudiriam: sonhavam em ter uma filha "normal", e eu, sem vocação para a rebeldia, fui fazer Comunicação e virei publicitária. Mais adiante, acabei dando um jeito de atuar: passei a criar personagens fictícios através da escrita, que também é uma forma de ir além do próprio eu.

Ditadores perseguem artistas porque sabem que eles são porta-vozes dos desejos da população, e isso lhes parece subversivo, então estigmatizam a classe e, muitas vezes, censuram. Já o cidadão comum não tem razão para desprestigiar um artista, a não ser que se sinta incomodado por um estilo de vida que, vá saber, evidencie suas frustrações. O artista, mesmo não sendo célebre, vive da sua arte, ama o que faz, usa os sentimentos como matéria-prima, reconhece a comédia e a tragédia da nossa humanidade, analisa as questões com a mente aberta, defende a liberdade e não se deixa regrar por convenções. Uma afronta aos que não conseguem lidar com essa entrega absoluta a uma existência plena. O fascínio pode acabar virando raiva. Joga pedra na Geni!

Todas as pessoas – inclusive as putas, senhores – têm ao menos um talento, que pode estar ligado ao esporte, ou gastronomia, moda, jardinagem, bordado, computação, humor, música, não sei, você é que sabe qual é o seu dom. Alguma coisa você faz muito bem, mesmo que de forma amadora. Pois trate com gentileza o artista que você também é. O seu dom, ainda que infinitamente mais modesto que o de Fernanda Montenegro, é que ajuda a tornar o mundo menos rude. Quem coloca o mínimo de inspiração e paixão no que faz acaba devolvendo algo de bom para a sociedade.

27 de outubro de 2019

DARÍN

Qual o segredo de Ricardo Darín? É a pergunta clássica feita aos que atingem uma rara unanimidade. Se há quem o despreze, é por desconhecer seu currículo ou por insolência boba – esnobar alguém que todo mundo gosta é um meio de se diferenciar. Eu sou do time que presta reverência a esse argentino que emenda um filme no outro sem medo de cansar a plateia: em vez de saturada, ela quer mais e mais e mais de Darín, extasiada com sua presença na tela e na vida.

Temos aí um ponto. Darín não é apenas um grande ator, mas um grande ser humano. E essa junção faz diferença, sim. Sucesso e inteireza se cumprimentam e até dormem juntos.

Se você já assistiu a alguma entrevista com ele, sabe que espécie de homem ele é (falo em assistir, e não ler uma entrevista, pois o olhar, a voz e os gestos de um entrevistado traduzem sua alma mais do que palavras impressas). Viralizou um depoimento que ele deu certa vez a um programa de tevê, em que afirma não ficar tentado a fazer carreira em Hollywood. "Para quê? Para interpretar um narcotraficante mexicano?" Darín não se interessa em promover estereótipos e não objetiva ter mais dinheiro do que tem. "Tomo dois banhos quentes por dia. Tenho uma família fenomenal. Recebo abraços das pessoas na rua. Preciso mais do quê?" O ingênuo entrevistador comete a insensatez de sugerir jatinhos. Darín ri e não comenta, nem precisa. Jatinhos? Hangar, manutenção, combustível, funcionários. Jatinhos garantem um deslocamento fácil, mas e o deslocamento da realidade que vem embutido? Isolar-se não conecta pessoas. Em vez de focar em ter fortuna, que induz ao excesso de consumismo, mil vezes trabalhar menos, voltar para casa mais cedo e pedir uma pizza. Desculpe o provincianismo, sei que pode soar chocante.

Ricardo Darín esbanja integridade e retidão de caráter, e não apenas por interpretar homens de boa índole, como no excelente *A odisseia dos tontos*, que esteve recentemente em cartaz. Ele também já adicionou alguns vilões em sua filmografia. Darín é íntegro porque não se vende, não se deslumbra, não cai na esparrela de se comportar como um astro. Tem luz própria suficiente, consciência social, compreende a importância da moralidade e o seu talento dispensa caras e bocas. É másculo e sensível, o combo dos sonhos. Um sujeito confiável, que mantém o ego sob controle. Quantos desse naipe você conhece? O autoendeusamento não só é ridículo, como entediante: a indústria do entretenimento produz semideuses em série, todos com o rótulo de "inatingível" grudado na testa. Darín poderia ser o vizinho da porta ao lado. Mas não é, então vá ao cinema, nem que seja para ter a gostosa sensação de que ele poderia cruzar com você no elevador e perguntar pela sua família.

10 de novembro de 2019

ASSIM É A VIDA

Árvores caem. Celulares ficam sem bateria. Canetas perdem a tinta bem na hora da assinatura. Iogurtes esquecidos na geladeira passam do prazo de validade. Crianças gritam durante o recreio. Fones de ouvido estragam logo. Sofás desbotam se expostos ao sol.

Plantas murcham. Gatos afiam as unhas no tapete. Óculos entortam dentro da bolsa. Chove às vezes por quatro dias seguidos. Esmaltes descascam. Consultas médicas são desmarcadas. Abdominais custam a dar resultado. Vizinhos escutam música ruim que entra por nossas janelas.

Pontas de lápis quebram. Copos também, pratos lascam. Números não identificados ligam para nossos celulares. Motoristas de aplicativos desconhecem as ruas da cidade. Roupas velhas emboloram. Garçons erram pedidos. Vinho mancha. Botões não fecham quando a gente engorda. A gente engorda.

A diarista adoece e falta. Carros enguiçados atrapalham o trânsito. Cachorros fedem quando não tomam banho. Chaves são perdidas. Voos atrasam. Serviço de quarto de hotel é demorado. Políticos mentem. Times empatam em 0 x 0. Horóscopos não acertam. Discursos se arrastam. Churrascos queimam se o assador se distrai.

Violões desafinam. Amigos somem. O dólar sobe na véspera da viagem. Histórias não batem. Sites de bancos emperram.

Ninguém compra o apartamento que colocamos à venda. Chatos nos alugam. Idiotas apertam em todos os andares do elevador. Motores apagam no meio do engarrafamento. Os convidados erram no presente.

    Malas extraviam. Tomates apodrecem. Testes de bafômetro dão positivo. Filhos não comem direito. Terapias demoram. Salsichas são suspeitas. Roda-se em provas de autoescola. Corretores de WhatsApp nos constrangem. Infiltrações na parede se repetem. Prédios altos tapam a visão. Filmes saem de cartaz. Baratas aparecem.

    Gargalhadas também aparecem. Coisas boas se repetem. Testes de gravidez dão positivo. O beijo é demorado. Reuniões de condomínio são desmarcadas. Pessoas interessantes ligam para nossos celulares. Tiranos caem. Pessimistas não acertam. Dá praia por quatro dias seguidos. Cachoeiras não fecham. Preconceitos somem. Recordes são quebrados. Amantes se conhecem no meio do engarrafamento. A temperatura sobe na véspera da viagem. Vizinhos escutam música boa que entra por nossas janelas. Homofóbicos saem de cartaz. Espumantes são abertos bem na hora da assinatura. Amores não acabam quando a gente engorda. A vida se renova se exposta ao sol.

17 de novembro de 2019

A PONTUALIDADE E O AMOR

O que faz um romance durar? Entre as muitas vantagens de amadurecer, está a de não se preocupar mais com essas questões e simplesmente se jogar, permitir que os dias fluam, que o vento nos leve, sem ficar fuçando demais na história. Permitir que a energia pulsante da relação seja mais importante que suas razões e porquês.

Ainda assim, tempos atrás escrevi um texto chamado "Fator de descarte", em que analisei os motivos que fazem com que as pessoas larguem de mão uma paquera (uma amiga desistiu de um cara porque ele não gostava de escutar Tom Jobim, outra costumava analisar os sapatos do sujeito – francamente, gurias). Meu fator de descarte seria a violência e a canalhice. Jamais suportaria alguém que me agredisse ou que não fosse ético, mas se é para entrar em detalhes mais prosaicos, vamos lá: pontualidade. É algo que, para mim, facilita o ajuste dos ponteiros.

Em um primeiro encontro, adoraria perguntar: você é do tipo que chega ao aeroporto quatro horas antes do voo ou com um fiapo de tempo antes do embarque? Pois é, isso pode dar uma pista sobre a aventura que nos aguarda.

Óbvio que as duas hipóteses são exageradas, mas o exagero ajuda a definir o perfil da pessoa. Ou ela é precavida (mesmo que quase morra de tédio até o momento de entrar no avião) ou é descuidada (mesmo que quase morra do coração ante a iminente perda do voo). Eu sou do tipo que leva os imprevistos em conta, então sempre chego mais cedo – em tudo que é lugar, a qualquer compromisso. Deve ser uma espécie de tara, mas o fato é que prefiro esperar o voo, esperar pelos outros, esperar por tudo, e assim manter meus batimentos cardíacos sob controle. Aquela lá que vem correndo esbaforida não sou eu.

Não gosto de entrar no cinema com a luz já apagada. Não gosto de deixar os amigos aguardando num restaurante. Não gosto de ser a última a chegar numa festa: entradas triunfais não combinam comigo. Se o namorado diz que virá me buscar às oito, às quinze para as oito estarei pronta. Se ele aparecer às oito e dez, ainda me encontrará sorrindo. Se ele aparecer às oito e meia, já não estarei sorrindo, e se a explicação para o atraso não for boa, talvez eu avance em sua jugular – nunca saberemos, porque nunca aconteceu. Já namorei alguns malucos, mas nunca um homem mal-educado.

Se ele gosta de Tom Jobim ou de pagode, se usa sapatos cafonas ou vive de tênis, se gosta de ler ou é viciado em rede social, tudo pode, tudo vale, tudo se ajeita – ou não se ajeita. É da dinâmica das relações. Mas pontualidade é assunto sério. O descuidado até pode se atrasar trinta minutos para buscar você para jantar (mesmo colocando o pescoço em risco), mas será perdoado se tiver aparecido na sua vida na hora certa.

24 de novembro de 2019

DEPOIS QUE AS LUZES SE ACENDEM

Muitas pessoas têm nojo de baratas. Ou medo. As danadas vivem pelos cantos e podem nos surpreender a qualquer momento, desestabilizando nossa rotina e nossa paz. Uma barata no mesmo recinto é uma perturbação, nada volta ao normal até que ela seja eliminada. Quem dá cabo dela vira instantaneamente um herói.

Mas elas se reproduzem e reaparecem. Não há solução, só paliativos: preservar a casa limpa, não espalhar resto de comida, providenciar uma dedetização de vez em quando. O jeito é se contentar em mantê-las fora de visão, fazendo de conta que não existem.

Parasita, o tão comentado filme sul-coreano, é uma metáfora caricatural da nossa relação com o que não enxergamos. Uma família pobre mora num espaço insalubre que fica abaixo da linha da calçada, junto a lixeiras. Eles espiam o mundo como se por uma fresta de um bueiro. Não por acaso, nas cenas iniciais, são atingidos pelo jato de um pesticida que está desinsetizando a rua. Surge então a chance de entrarem na casa de uma família rica, e aí, um por um, se infiltram na sala, na cozinha, nos quartos, tomando conta de todo o ambiente doméstico. Até que descobrem o porão, e essas "baratas" intrusas encontram baratas ainda mais subterrâneas, que já estavam ali antes.

Há muitas maneiras de filmar a desigualdade social. *Coringa* investiu em um personagem dos quadrinhos, *A odisseia dos tontos* optou por um duelo quase infantil entre mocinhos e bandidos. Já *Parasita* tem um roteiro deliciosamente pirado que intercala o cômico e o trágico. A luta de classes nunca alcançará um happy end, mas ainda veremos outros tantos filmes usando o tema como gancho e, através dele, realizando arte de primeira categoria.

O cinema é uma lente de aumento exuberante. Seja qual for a história contada, é a nossa humanidade que está na tela, hiperdilatada. Nunca saio indiferente de uma sala de cinema. É como se eu tivesse sido sequestrada por duas horas (ou ido à Ásia por duas horas, vivido um amor louco por duas horas, chegado perto da morte em duas horas). Quando as luzes se acendem e as portas se abrem, custo a levantar do assento, sigo imersa nos sustos que levei, nas emoções que senti. É estranho voltar aos corredores iluminados do shopping e pagar o ticket do estacionamento como se nada tivesse acontecido. A vida real é que passa a ser violenta, louca, pirada. Por um tempo, transito entre duas dimensões.

Se você se envolve da mesma maneira, vai gostar: estou lançando *Comigo no cinema*, uma seleção de crônicas inspiradas por filmes que vi de Almodóvar, Woody Allen, Jorge Furtado, Jim Jarmusch, Scorsese e tantos outros. Mais de setenta reflexões escritas assim que cheguei em casa, com o filme ainda agindo dentro de mim (como *Parasita* continua agindo). Porque quando um filme mexe conosco, ele dura mais do que duas horas.

1º de dezembro de 2019

MONTEIRO E MACHADO

Se seu nome é Samuel, já deve ter sido chamado de Manoel algumas vezes. As Marinas devem estar acostumadas a serem confundidas com Marisas. Se você é Rodrigo, já não atendeu por Roberto? Alguns avoados não conhecem você direito e deduzem seu nome pelas iniciais ou pela rima. Caso houvesse intimidade, seria diferente: eles poderiam chamá-lo até pelo nome do cachorro da família ou pelo nome do seu irmão – eu, por exemplo, já fui chamada muitas vezes de Fernando pela minha mãe, e por incrível que pareça, os pesquisadores creditam essa falha ao amor, nada menos que ao amor.

Quanto mais profundo o envolvimento, maior a chance de atrapalhações. Depois de 21 anos de um casamento feliz, veio o divórcio e um novo namorado: como não chamá-lo pelo nome do falecido? Cometi essa gafe algumas vezes durante o início do namoro e agradecia a paciência do novo ocupante do cargo, que não achava nada daquilo engraçado, mas segurou a onda até eu regular o chip do meu cérebro. Assim como, anos mais tarde, em outra relação, não dei chilique quando fui chamada de Ana Cristina duas vezes no mesmo dia – ela deveria ser muito especial, tão especial quanto eu era para o desatento.

Se você achava que eu via o mundo com lentes cor-de--rosa, agora tem certeza. Acredito mesmo que trocar o nome de pessoas com quem convivemos não é descaso, e sim uma homenagem inconsciente. Lógico que a troca de nomes durante o sexo não se aplica à tese, melhor prestar atenção no que você anda sussurrando entre lençóis. Mas se o seu amor foi até a cozinha e você gritou, "Artur, por favor, quando vier traz um copo d'água!", o Augusto não precisa ficar chateado – que traga a água com sua gentileza habitual, sem adicionar veneno de rato ao copo.

Cresci lendo as histórias de Narizinho, Pedrinho, Emília e grande elenco do Sítio do Picapau Amarelo, então posso considerar Monteiro Lobato praticamente uma pessoa da casa. Trocar seu nome por Machado de Assis, como fiz na última semana, nada mais foi que uma transferência desse afeto, já que ambos moram no meu coração (ok, tem também o fato de estarmos em dezembro, muita festa, espumante...). O problema foi que a troca não se deu durante uma conversa oral, quando é comum algum tropeço: cometi o erro por escrito. ESCREVI Machado de Assis querendo escrever Monteiro Lobato. Eu revisei a droga do texto umas quinhentas vezes e não percebi, editores e revisores do jornal também não. Resultado: o mico foi documentado na imprensa para quem quisesse pegar no meu pé, e pegaram. Só deu para consertar nas publicações online. Parafraseando Quintana, "um erro impresso é um erro eterno" (terá sido mesmo o Quintana?).

Resolução de fim de ano: mais atenção ao citar fontes, rir das próprias gafes e, claro, parar de beber.

15 de dezembro de 2019

E SE EM VEZ DE FALAR DE NATAL

E se em vez de falar de Natal, a gente procurasse entender por que o mundo está de patas para o ar? Pessoas se sentem no direito de serem rudes com as outras, seja por estarem amparadas pelo escudo das redes sociais, seja porque já não sobra um fiapo de paciência e educação. Qual a dificuldade de ser gentil?

E se em vez de falar de Natal, a gente lembrasse que é livre para decidir? Livre para ficar ou ir embora, livre para continuar com a vida que tem ou arriscar outra coisa, livre para ser quem é de verdade ou continuar fazendo de conta. Liberdade. Que tal experimentá-la antes que seja tarde?

E se em vez de falar de Natal, a gente falasse sobre compaixão? Tanta gente com dívidas impagáveis, sem acesso a um tratamento médico decente, se sentindo solitário, não sendo escutado por ninguém, recebendo da vida uma enxurrada de negativas. Que atenção destinamos aos milhares de invisíveis que nos cercam?

E se em vez de falar de Natal, a gente falasse das responsabilidades que nos cabem? Postar contra o racismo, contra a homofobia, contra o feminicídio, isso qualquer um faz para ostentar consciência e ganhar likes em seus perfis, mas e no dia a dia? Como você se comporta, que tipo de piada faz, qual sua reação ao ver alguém sendo discriminado? Não há saída se não dermos nossa contribuição concreta para a sociedade mudar.

E se em vez de falar de Natal, a gente falasse de arte, ainda que pareça cansativo bater nesta tecla? Cinema, música, teatro, literatura, tudo isso é mais que entretenimento. É preciso frequentar shows, exposições, feiras de artesanato, mostras fotográficas, rodas de chorinho e samba, qualquer coisa que extraia a emoção e a sensibilidade que estão dentro de nós, mas que, sem serem provocadas, fazem a gente parecer apenas um robô cumpridor de tarefas.

E se em vez de falar de Natal, a gente falasse de amor? Não os amores dilacerantes que viram roteiros e poemas, mas do amor sem o aditivo da angústia: amor real, compartilhado, maduro, inteligente, amor que se reconhece um projeto de satisfação, alegria, construção. Amor que não se rende aos apelos do sofrimento, aparentemente tão sublimes, mas amor que trocou a dor narcísica pelo contentamento simplificado.

E se em vez de falar de Natal, a gente falasse da fé nos acasos, da importância de não ceder a vulgaridades, da autonomia das nossas escolhas, dos favores que a vida nos fez, da poesia que há nas miudezas, de como é importante acordar, tomar café, escovar os dentes e continuar a busca pela plenitude possível?

Com Deus ou sem Deus, ter uma vida digna depende de nós. O Natal é só um pretexto.

22 de dezembro de 2019

OS FILHOS DO MUNDO

Foi aparecer Greta Thunberg e achei que mataríamos a saudade do consenso – lembra o consenso? Difícil imaginar divergências a respeito de uma adolescente que um dia saiu de casa com um cartaz nas mãos e se plantou na frente do Parlamento sueco para protestar contra o pouco caso com o meio ambiente. Ela poderia estar num shopping consumindo hambúrgueres e sapatos, poderia estar grudada num smartphone baixando aplicativos bobinhos, poderia estar acampando na frente de um estádio para assistir a algum ídolo teen, e nunca teríamos ouvido falar dela, assim como o mundo nunca ouviu falar de nossos filhos. Mas fez barulho e foi eleita a Personalidade do Ano. Não é bacana?

Defender o meio ambiente não é uma atitude de esquerda ou de direita. Envolve todos os seres humanos, incluindo os tios fascistas, as primas comunistas, os bichos, as plantas – o planeta inteiro se beneficiaria caso os grandes líderes mundiais parassem de pensar só em lucro e tomassem medidas preventivas para deter o aquecimento global e suas consequências. Separar o lixo seco do lixo orgânico é importante, mas não basta. Deixar o carro na garagem e caminhar cinco quarteirões? Ajuda, mas o que ajuda mesmo é não pegar no pé de quem está fazendo muito mais do que nós.

Dizem que Greta é chata. Não sei, nunca escutei a menina por mais de um minuto, quem assistiu seus discursos completos é que pode dizer. Mas, ainda assim, creio que chato é ficar ilhado sobre um bloco de gelo derretendo, ursos polares que o digam. Ou ter a casa invadida por enchentes. Ou ter que sair à rua usando uma máscara tapando nariz e boca. Devo estar sendo chata também, desculpe aí.

Enfim, não entendo a razão de Greta ser tão ofendida. Que ela incomode alguns industriais e políticos, é compreensível, já que reivindica medidas que envolvem dinheiro e poder, mas por que haveríamos de ficar contra ela, se ela age por nós? Não age? Tem "alguém" por trás? O Soros, o papa, o Lula, a Damares, o pessoal do Porta dos Fundos? E daí? A causa é boa. E mesmo que não se acredite em aquecimento global, mesmo que se pense que é paranoia e que o mundo está em perfeitas condições de uso, mal não faz uma garota gastar seu tempo e sua juventude em algo que acredita. Não foi a primeira nem será a última a se sobressair clamando por conscientização – se ela está certa ou errada, o tempo dirá. Esse mesmo tempo que nos levará à extinção em breve, mas que poderia ser mais seguro para nossos descendentes, pelos quais somos responsáveis. Portanto, se não existe mais consenso sobre nada, que ao menos escolhamos melhor nossos inimigos em 2020.

29 de dezembro de 2019

A NOITE INTEIRA

Qual seu conceito de luxo? Você não responderá que é um iate ancorado no píer de Portofino, nem dirá que é uma penthouse em Nova York de frente para o Central Park – mesmo que seja. Não vai dar essa bandeira, já aprendeu que ostentar é cafona. Dirá que luxo é ter tempo, resposta óbvia e condizente com os dias apressados de hoje, ou dirá que luxo é ter amigos de verdade, e de fato é, já que colecionar seguidores é um delírio cujo efeito ainda foi pouco pesquisado. Pode também falar sobre a família, instituição que anda em alta, ou enaltecer a saúde, sem a qual nada prospera. Mas se fosse obrigado a transcender as respostas óbvias, o que responderia? O meu luxo: dormir uma noite inteira sem despertar no meio.

Não precisam ser dez horas sequenciais, não sou de extravagâncias. Estou falando em desmaiar por seis horas seguidas, desfalecer por sete horas ininterruptas. Às vezes, acontece. Às vezes? Pois é. Deveria ser corriqueiro, não esporádico.

Geralmente, me deito cedo. Entre 23h e 23h30 já estou em sono profundo. Até que, por volta de duas da manhã, sede! Preciso de um gole d'água (maldito vinho do jantar). Às quatro, um inexplicado suor escorre pelo corpo. E, logo depois, um arrepio de frio. Puxo o lençol até o pescoço, para dali a dez minutos jogá-lo no chão, e logo juntá-lo de novo e me cobrir com o edredom, e assim sucessiva e histericamente.

Se não acordo com a sede ou com os calorões, acordo com o canto dos pássaros – o dia começa mais cedo para eles. Ou é um mosquito que resolveu passear rente ao meu ouvido. Ou são as trovoadas lá fora. A filha que chegou de madrugada. O gato que mia. O WhatsApp que apita. Uma música no andar de cima. A buzinada de algum notívago comemorando a vitória do seu time – às três da manhã. Se nada disso desperta você, parabéns, sono pesado é uma bênção. Tomara que a criatura com quem você divide a cama seja tão abençoada quanto, mas duvido.

O mais provável é que sua pessoa amada vá ao banheiro duas vezes por noite, vire de um lado para o outro, ronque, tenha cãibras, fale durante o sono, acenda a luz pra ir atrás de um ansiolítico, encasquete que não trancou a porta da frente, escute um barulho lá fora e pergunte: "Você também escutou esse barulho lá fora?" e você "Hã? que barulho?" e ela, "Esquece, acho que me enganei, dorme, amor", deixando você mais acesa que um farol noturno no meio do oceano – quem inventou essa história de que precisamos dormir ao lado de quem amamos? Romantismo tem limite.

E eu nem falei de casais com bebês recém-nascidos.

Dormir uma noite de ponta a ponta sem acordar uma única vez. Melhor que iate, cobertura em Nova York, bangalô nas Maldivas, uma adega de vinhos italianos, centenas de curtidas no seu post. Luxo é, depois de um dia eletrizante, apagar sem sobressaltos.

19 de janeiro de 2020

A ÁRVORE E A AUSÊNCIA

Ela procurava um apartamento de dois dormitórios que não ficasse prensado entre outros prédios. Lavabo, mármore, suíte, nenhum desses luxos estavam na sua lista de exigências, e nem seu orçamento permitiria, mas precisava se sentir acolhida pelo novo lar. Foi quando me disse que havia encontrado o apartamento dos seus sonhos. Perguntei onde. Ela deu o endereço: ficava na esquina de duas ruas movimentadas da cidade. Se vidros antirruídos não estiverem em sua lista de exigências, pensei, ela não levará a ideia adiante.

Não estavam, mas ela levou.

Pediu que fosse encontrá-la no apartamento para analisarmos juntas. Quando estacionei o carro, ela já estava na calçada em frente, me esperando. O corretor havia lhe entregue as chaves. Não tínhamos muito tempo, ela precisava devolvê-las. O prédio ficava na esquina de duas ladeiras. Carros zuniam na descida de uma delas e, quando viravam à direita, aceleravam fundo para subir a outra. Você tem certeza? Ela não me escutou. Mas sorria muito.

Subimos as escadas até o primeiro andar. Enquanto ela se desdobrava para encontrar a chave certa, perguntei: "A cozinha é boa?". Ela respondeu: "Acho que é". Ela já havia recusado outras opções de imóveis com cozinhas minúsculas, e agora achava que a desse apartamento era boa, sem demonstrar que se lembrasse dela. De onde vinha aquele sorriso de ganhadora da Mega-Sena?

Abriu a porta e entrou primeiro. Entrei depois. Percebi de imediato o chão de tabuão. Não estava muito danificado. Olha, ela disse. Eu olhei. Havia um janelão gigante na sala. E, por trás dele, uma árvore do tamanho das nossas fantasias.

Aquele apartamento não precisaria de quadros. Muito menos da cortina que ela intencionava colocar. A árvore espetacular quase entrava sala adentro. Tudo mais era supérfluo. Cozinha? Que importava? (ainda assim, era espaçosa). Agora você me entende?, ela perguntou. Pedi para ela repetir a pergunta por causa do barulho e só então respondi: entendo. À noite o trânsito diminuiria, nos fins de semana daria uma trégua. Mas a árvore estaria sempre ali.

Esteve ali por onze anos. Mais valiosa que um Van Gogh original. Até que, semana passada, recebi o telefonema da dor. Ela caiu! Minha árvore caiu! Não foi pelas mãos do homem, nem pela ação do vento. Velha, doente, cansada, a imensa árvore tombou de repente, por sorte não caiu em direção ao apartamento, mas para fora, arrastando os fios de luz e os postes. Morte súbita.

Fui visitá-la. Pela primeira vez, vi a cortina fechada. Por que fechada? Para não enxergar a ausência, ela me respondeu. Tinha razão. Eu nunca havia reparado no prédio do outro lado da rua, cinza, mórbido. Antes, havia o verde e a vida. O apartamento perdeu sua alma. A inquilina, inconsolável, se contenta, agora, com uma cozinha espaçosa.

2 de fevereiro de 2020

INCOERÊNCIA

Foi muito divulgado. No interior do Rio Grande do Sul, um homem atirou sete vezes na namorada, durante uma briga, e acertou cinco tiros. A moça foi socorrida e sobreviveu. No dia do julgamento, a vítima dava seu depoimento quando, de repente, pediu licença ao juiz, aproximou-se de seu agressor e, de forma totalmente inesperada, tascou nele um beijão na boca. Um beijo apaixonado. No dia seguinte, a foto estava estampada no jornal e todos nós de queixo caído.

Nas redes sociais, os palpites resumidos de sempre. "Síndrome de Estocolmo." "Desserviço ao feminismo." "Ignorância." "Cavando a própria sepultura." Etc. etc. Os psicanalistas foram chamados a explicar. Lembraram que antes de acontecer uma violência física, há um longo período de violência psicológica que estraçalha a autoestima da vítima: ela acredita que não será ninguém sem o amor daquele homem. Por não conseguir se libertar, fantasia que o amor será mais forte e salvará a relação.

As estatísticas estão aí para quem quiser ver. O perdão não vai salvá-la. O amor não vai salvá-la. Ela morre no final.

A foto perturbou a mim e a todos, pois escancara o quanto somos frágeis e trazemos desejos submersos, originados sabe-se lá por quais desvios. A gente se esforça para manter uma versão ajustada de si mesmo, para entregar à sociedade um perfil que seja condizente com o que se espera de um cidadão sensato, e até que nos saímos bem: ninguém costuma desconfiar das nossas fraturas emocionais e suas consequências.

Só dentro de casa, protegidos dos olhares e do julgamento alheio, é que liberamos nossas carências, traumas, fetiches. Entre quatro paredes, nossos sentimentos ocultos e contraditórios ganham permissão para conviverem. É quando a raiva e o amor se deitam na mesma cama, o ódio e a compaixão sentam-se à mesma mesa, a dor e o prazer dão-se as mãos no sofá.

Somos perversos e adoráveis, somos amorosos e cruéis. Mas temos uma natureza preponderante, essa que postamos no Facebook e Instagram, essa que nos acompanha ao escritório, nas ruas, no shopping. Somos reconhecidos como pessoas perfeitamente adequadas, equilibradas. Poucas são as testemunhas oculares das nossas convulsões internas, quase ninguém conhece a fundo nossas contradições.

O brutal pode vir acompanhado de extrema excitação. É a contradição que a moça agredida revelou às claras, sem nenhuma espécie de censura ou pudor. Ela despiu-se das camadas que revestem nossa pretensa normalidade e deixou a plateia perplexa e, ao mesmo tempo, embaraçada. Exibiu sua instabilidade para as lentes dos fotógrafos. Demonstrou o efeito tirânico de uma relação abusiva para os jurados e para quem mais quisesse ver – só que nunca queremos.

9 de fevereiro de 2020

SALVOS PELO ATRASO

O Zé andava esgotado, pudera. Nas últimas décadas, o mundo parecia ter virado de cabeça para baixo. Quando ele era criança, seu pai saía para trabalhar e sua mãe ficava em casa cuidando dele e dos irmãos. Zé conhecia poucos negros, e fazia piadinhas sobre eles sem ninguém se importar. Quando se tornou um rapaz, logo descobriu que havia as garotas para transar e as garotas para se casar. Todos tinham a família ideal, a vida ideal. Quem inventou de mudar o rumo dessa história?

Zé não imaginava que seria tão cansativo acompanhar as mudanças de costumes. De repente, tinha que reconsiderar o valor dos negros, respeitar todas as mulheres, se responsabilizar pela poluição do ar e dos mares, aceitar que um homem se apaixonasse por outro homem, que uma esposa não quisesse ter filhos e que filmes sobre prostitutas não fossem pornográficos. Mais dez anos nessa toada, corria o risco de virar um cara civilizado. Ainda bem que foi salvo a tempo.

Pronto, pronto. Ninguém mais vai obrigar o Zé a evoluir.

Zé pode continuar com seus preconceitos, não será mais incomodado. Não precisa nem mesmo ocultá-los. Está autorizado a dizer tudo o que pensa, sem se importar se vai ofender, constranger, humilhar alguém. Tampouco precisa falar e escrever direito, quem dá bola para isso? Só uma coisa importa: a economia. Dinheiro no bolso. Virá. Prometeram.

Por enquanto os investidores estrangeiros sumiram, o dólar disparou, mas as reformas foram feitas, é sentar e aguardar. Deixa o homem trabalhar.

Enquanto o Brasil não vira uma superpotência, o Zé passa as horas livres jogando sinuca, conversando sobre baboseiras, apontando sua arma para quem mexe com a patroa (ou para a própria patroa, se ela ousar fazer as malas), dando uma coça nos filhos que não forem "ideais", acreditando que a vida é o que acontece até o limite do muro do seu quintal. Livros? Ciência? Pesquisa? Patrimônio histórico? Cultura? Conhecimento? Educação? Servem para nada. Zé frequenta a igreja e deixa lá 10% do seu salário, a pedido dos pastores, que falam em nome de Deus. É suficiente para garantir seu futuro.

Zé está dando uma banana para quem não concordar com ele. Não precisa mais saber se comportar. Pode saudar em público um torturador, pode adotar a filosofia nazista como sendo dele, pode distribuir medalhas a assassinos, pode espalhar fake news, pode falar besteira, pode rejeitar esse mundo moderninho que tentam lhe enfiar goela abaixo. Não tem mais nenhum motivo para ser culto ou bem-informado. O exemplo vem de cima, ele agora tem em quem se inspirar.

Um alívio para o Zé. Em vez de avançar, se instalou no limitado universo da ignorância e da mediocridade, e nunca foi tão feliz. Bem fez aquele tal de Cazuza ao provocar: Brasil, mostra tua cara.

23 de fevereiro de 2020

AMIGOS IMAGINÁRIOS

Foi das boas surpresas cinematográficas deste verão: *Jojo Rabbit*. O filme (que ganhou o Oscar de melhor roteiro adaptado) é lúdico, divertido, inteligente e ousado: dá para imaginar um garotinho que tenha Hitler como amigo imaginário?

Pequena ainda, eu me fechava no quarto e cantava para plateias que só eu enxergava, mas um amigo imaginário, nunca tive. Uma pena, pois toda criança tem múltiplas razões para providenciar um cúmplice secreto e invisível que concorde com o plano de assaltar a geladeira de madrugada e que ajude a enfrentar os monstros embaixo da cama. Crianças têm medo e não gostam de se sentir sozinhas.

Hoje, crescidos, ainda temos amigos imaginários, e acho que é por medo também. Sabe aqueles milhares de nomes que te seguem no Facebook e no Instagram? Não custa lembrar: são amigos apenas na sua cabeça.

Não temos mais idade para fazer xixi na cama, mas ainda ficamos apavorados só de pensar na solidão, o bicho-papão de dez entre dez adultos. Em vez de aceitar que ela é parte de nós e que não é tão medonha assim, preferimos disfarçá-la através de uma socialização de faz de conta. Fotografo meu congrio com batatas, posto nas redes, 42 pessoas curtem e já não estou almoçando sozinho.

Enquanto isso, a Maria, uma das que curtiu seu peixe com batatas, está compartilhando um texto sobre política e recebendo dezenas de aprovações em forma de likes, e o João, que também curtiu seu congrio, está postando a foto da afilhada que hoje faz quinze anos. Todos com o celular na mão buscando a confirmação de que não estão sós.

É uma cachaça, eu sei, também posto. Mas temos que falar sobre isso. Ficar tanto tempo no celular, ao contrário do que parece, é a maneira mais rápida de sucumbir à solidão, pois não se está com ninguém, nem consigo próprio. Desperdiçamos um tempo que poderia ser dedicado à introspecção, à leitura, à música – à nossa insubstituível companhia.

Tem muita coisa interessante na timeline de pessoas interessantes, e muita bobagem na timeline dos bobos. Sabendo fazer uma filtragem, as redes se tornam proveitosas fontes de informação. Se, além disso, elas forem usadas para dar o pontapé inicial numa relação de amizade, profissional, romântica ou sexual, ótimo – a internet ajuda a adiantar o serviço. Mas se a ideia é apenas colecionar milhares de seguidores, adicionar o amigo do amigo do amigo de algum conhecido, sem jamais transformar isso em alguma experiência de troca real, aí é só um exercício de ilusão para amenizar carências infantis. Serão sempre amigos imaginários que, caso você conhecesse mesmo, talvez não merecessem se sentar com você à mesa para compartilhar seu peixe com batatas.

1º de março de 2020

UMA QUESTÃO DE HABITUAR-SE

Se você está farto (ou farta) de ler a respeito de como as mulheres devem ser tratadas, este 8 de março será um dia intragável. Se acha que tudo não passa de mimimi, tape os ouvidos. Se considera o assunto uma chatice, olha, de fato, é uma chatice. Parece até que há um complô contra os homens e de que ninguém mais pode ser espontâneo com uma mulher. Só que não é bem assim. Me dê sua mão, coragem. Vamos juntos até o final deste texto.

Lembra que houve um tempo em que mulheres não podiam votar? Nos Estados Unidos, o movimento sufragista começou a ser articulado em 1848, mas só em 1893 o Estado do Colorado concedeu o direito a elas. Em outros três Estados, o direito veio em 1896, e em 1920, finalmente, em todo o país. Faça as contas: a luta americana durou mais de setenta anos. No Brasil, uma advogada chamada Diva Nazário entrou com um pedido para obter seu título de eleitora em 1922. Negado, naturalmente. Só em 1930 é que as brasileiras solteiras e viúvas conquistaram esse direito (as casadas precisavam da permissão do marido). Em 1932, enfim, garantimos o voto livre para todas – doze anos depois dos Estados Unidos. As sauditas tiveram que esperar um pouco mais, até o final de 2011.

Direitos não são conquistados da noite para o dia. É bastante difícil mudar um costume e decretar um novo normal.

É necessário muito tempo investido, muito ativismo, muito debate, muita insistência, muita... chatice.

Evolução é um processo que não se esgota. Conquistados alguns direitos, inicia-se a luta por outros. Mulheres não toleram mais ser alvo de comentários machistas. Mulheres não querem continuar se sentindo diminuídas por ter o cabelo crespo ou o corpo volumoso. Mulheres precisam parar de morrer nas mãos de homens que não sabem lidar com rejeição. Há quem ache que deveríamos continuar nos preocupando apenas com concursos de beleza. Ok, estamos ligadas nisso também. Em fevereiro, foi eleita a Miss Alemanha 2020: uma empresária de 35 anos (o limite de idade foi ampliado para 39), mãe de um menino de três (as casadas agora podem concorrer). Não houve desfile de biquíni e o júri foi todo composto por mulheres. Antes era melhor? Dá a impressão que sim, pois era o que a gente conhecia. Agora tudo nos parece estranho e complicado, mas é só porque não nos acostumamos ainda.

A gente conseguiu se habituar a mulheres que votam, a mulheres que trabalham fora e que têm vida sexual ativa, então certamente iremos nos habituar a mulheres negras em cargos de chefia, a mulheres mais velhas em capas de revista, a mulheres totalmente sem medo – e sem ninguém com medo delas também. Vai levar quantos anos? Depende de nós, do nosso interesse em evoluir e não achar mais nada disso esquisito.

8 de março de 2020

EM COMUM

O que você tem em comum com os indonésios que sobreviveram ao tsunami naquele trágico janeiro de 2004? O mesmo que eles têm com os capoeiristas da Bahia e com a família do Joaquin Phoenix: todos estão em casa, esperando a pandemia passar.

Você nunca imaginou que pilotos de Fórmula 1, modelos que saem na capa da *Vogue* e surfistas de ondas gigantes sentiriam o mesmo tédio que você. Todos estão, neste momento, vivendo situação idêntica: lavando as mãos de meia em meia hora.

Os mangueirenses que desfilaram unidos no Sambódromo não tocam mais uns nos outros. O pessoal do Jota Quest, que canta "Dentro de um abraço", não tem abraçado ninguém. Sua mãe está longe, sozinha no apartamento dela, e no andar de baixo está o pai daquele seu colega que era apenas mais um na lista de chamada, vocês nunca mais se viram, mas hoje ele está tão preocupado com os idosos dele quanto você está com os seus.

Angelina Jolie deve estar compartilhando, por WhatsApp, piadinhas sobre a longevidade de Keith Richards. E Jane Fonda está recebendo as compras do super por tele-entrega. É isso aí, garotas, estamos juntas.

Nunca estivemos tão próximos de quem está tiritando de frio num hemisfério e se abanando de calor em outro. Os operários que estavam reconstruindo a Notre Dame, os bombeiros que ainda buscavam corpos de vítimas soterradas em Brumadinho, as duas moças que gostam do mesmo rapaz, os dois estudantes que disputam a mesma vaga no vestibular – vida em suspenso. Só do que falam é sobre o coronavírus, é só no que pensam também.

Neste instante, os camelôs, os empresários, as prostitutas, as beatas, as dondocas e as manicures espiam a rua por trás de suas janelas. O baterista da sua banda preferida, o cara que acabou de cumprir pena e foi libertado, as crianças que nunca imaginaram sentir saudade da escola, palestinos, guias de turismo, psicanalistas, os que amam mocotó e os que detestam salada – todos do mesmo lado. O lado de dentro.

Você, eu, Bradley Cooper e Lady Gaga: quem de nós quatro está garantido? Budistas, terroristas, flautistas: qualquer um pode se contaminar. Sete bilhões entoando o mesmo refrão: fique em casa, fique em casa. Recolha-se, resguarde-se e permita que o planeta volte a respirar sem tanta poluição e sem tanta interferência humana. É guerra, mas a paz pode tirar proveito.

Nunca imaginamos ter tanto em comum com quem se hospeda no George V, com quem sofre de asma, com artistas africanos, com lavadores de carro, com os que viajam na classe executiva: quando a distância física entre nós não for mais necessária, que a gente lembre que fomos todos parceiros de uma mesma luta e que considerar-se superior ou inferior aos outros sempre foi uma tremenda perda de tempo.

5 de abril de 2020

VOCÊ NÃO PODE TER SEMPRE O QUE QUER

A quarentena surpreendeu a todos. Havíamos recém entrado em março, quando 2020 começaria pra valer, mas em vez de dar início ao cumprimento das resoluções de fim de ano, fomos condenados à prisão domiciliar, mesmo não tendo cometido crime algum. Paciência: ser livre se tornou um delito. Parece injusto, mas chegou a hora de entender que não podemos ter sempre o que queremos.

Gostaríamos muito de rever os amigos e parentes, fazer a viagem planejada, torcer pelo nosso time, ir ao pilates, ao cabeleireiro, tomar uma caipirinha com o crush, comparecer a formaturas e casamentos. Gostaríamos de ver as lojas abertas, o comércio aquecido, os índices da bolsa subindo, o dólar baixando.

Gostaríamos de acreditar que todos os líderes do mundo estão errados e só o nosso presidente está certo. Gostaríamos de ter alguém lúcido e responsável no comando do país. Mas, infelizmente, *you can't always get what you want*. Não por acaso, foi essa a música escolhida pelos Rolling Stones em sua participação no comovente *One World/Together at home*, evento transmitido ao vivo em 18 de abril, em que diversos artistas, personalidades e profissionais da saúde uniram-se online, cada um em sua casa, para lembrar que somos todos absolutamente iguais diante de uma ameaça, e que o distanciamento social é a saída, mesmo que não seja o que a gente quer.

Seu desejo é uma ordem? Não mesmo. Frase cancelada, como canceladas foram as peças de teatro, os jogos de futebol, as liquidações, o happy hour depois do expediente – e o próprio expediente. Aposentadoria antes da hora, por tempo indefinido. Qual será o legado, o que aprenderemos desta experiência?

Que consumir por consumir é uma doença também. Que o céu está mais azul, a vegetação mais verde e o ar mais puro: não somos tão imprescindíveis, a natureza agradece nossa reclusão. Que há muitas maneiras de se comemorar um aniversário, mesmo sozinho em casa: vizinhos cantam em janelas próximas, amigos deixam flores na portaria do prédio, organiza-se uma reunião por aplicativo. Emoção genuína, festa inimitável. E pensar que há quem gaste uma fortuna com decoração de ambiente, DJ da moda e champanhe francês para quinhentos convidados, e ainda assim não consegue se sentir amado.

Já tivemos, poucos anos atrás, uma greve de caminhoneiros que serviu de ensaio do apocalipse. Pois já não é mais ensaio, é apocalipse now. Não desperdicemos a chance de amadurecer, simplificar, mudar de atitude. De valorizar o coletivo em detrimento do individual. De praticar um novo método de convívio: uns pelos outros, sempre, e não só na hora do aperto. De fazer deste imenso país uma nação mais homogênea, em prol de uma existência menos metida a besta.

26 de abril de 2020

LEVEMENTE PIRADOS

Continuamos dentro de nossas casas, vivendo entre quatro paredes – espaço que costuma ser amplo para alguns afortunados, porém exíguo para a maioria dos brasileiros e suas novas rotinas.

Os que moram sozinhos fazem abdominais sobre o tapete da sala, dançam com parceiros invisíveis, almoçam na companhia de um pet e jantam na companhia do William Bonner. Dormem mais tempo do que o habitual ou têm insônias intermináveis. Endireitam quadros que não estão tortos, encharcam as plantas cinco vezes ao dia e às 19h abrem um vinho a fim de tomar um moderado cálice. Pegam o celular para dar uma olhada rápida no Facebook e só o largam quando o pescoço ganhou uma contração e a segunda garrafa de vinho já está vazia, por volta de duas da manhã. Sofrem por não estar ao lado de seus entes queridos, sem imaginar que as coisas não andam nem um pouco melhores com eles.

A convivência em família não tem sido tarefa para amadores. As brigas começam por uma banalidade qualquer, como o ponto de cozimento de um ovo, e desandam para traumas retroativos, como o de ter sido um bebê que nunca foi amamentado no peito. A mãe reclama do filho que ainda não arrumou a cama e ele revida lembrando-a do dia em que ela esqueceu de buscá-lo no jardim de infância. O marido comenta que a camisa não está bem passada e a mulher surta: quando ele dá por si, está explicando pela centésima vez que não foi ele que beijou a morena com vestido de lurex na festa de réveillon de 1983. O adolescente sai do banheiro, depois de quinze minutos embaixo do chuveiro elétrico, e depara com um pai raivoso que segura a conta de luz, aos berros, e logo a coloca na boca, mastigando-a como se fosse um crepe.

Não me parece uma boa hora para testar a sanidade mental de nossos parceiros de cela.

Então, quando a atmosfera pesar, não discuta. Arraste a cortina para o lado, abra os vidros e espie o pedaço de mundo que lhe coube. Você há de ter uma janela. Talvez consiga enxergar uma árvore ou duas. Talvez possa se distrair contando quantos pedestres caminham pela calçada usando máscara. Talvez enxergue um naco do céu. Ou um naco do apartamento do vizinho: xeretar, a essa altura, não é crime, eu acho. Janela é a saída – só não leve ao pé da letra. Outro dia, mandei um WhatsApp para uma amiga que está confinada sozinha em um apê de quinze metros quadrados, a milhas de distância. Perguntei se ela tinha uma janela. Respondeu que tinha, mas morava no primeiro piso, de nada adiantaria saltar.

A obrigatoriedade de reclusão mexe com os nervos, mas o jeito é rir um pouco e lembrar que ao menos algo nos une: estamos sendo testemunhas históricas deste desconcertante mundo novo. E se mantivermos a cabeça no lugar, seremos devolvidos para a rua assim que possível.

3 de maio de 2020

LIVE

Tecnologia não é meu forte. Além da inaptidão, tem muita preguiça envolvida. Nada sei sobre cabos, operadoras e filtros. Nem mesmo sei de onde vem e quem paga a internet aqui de casa (desconfio que eu mesma), e apesar de ter um notebook novinho, de vez em quando ainda escrevo num desktop com Windows 7 sem suporte técnico: a qualquer momento, sumirão todos os meus arquivos. Até meses atrás, não tinha backup. Calma, hoje eu tenho; obrigada, filha.

Em tempos de distanciamento social, eis que surge um novo desafio: fazer lives.

A primeira foi com a jornalista Patricia Parenza, e agora que passou já consigo lembrar sem cair no choro. Sentei no chão da minha biblioteca (não faça perguntas difíceis como "por que no chão??") e empilhei vários livros, onde apoiei o celular e dois copos d'água: andava mal da garganta. Quando Patricia surgiu no vídeo, estava bela e iluminada como Nossa Senhora, enquanto eu estava em meio às trevas, só se enxergavam meus olhinhos aflitos. Então acendi as lâmpadas dicroicas do teto e fiquei parecida com o ex-ministro Nelson Teich, as olheiras vinham no pé. Como nada está tão mal que não possa piorar, um gerador explodiu na rua e caiu a energia elétrica. No breu, sabiam que eu continuava ali porque tossia entre uma frase e outra.

Patricia, que é uma lady, me presenteou no dia seguinte com um ring light: um anel de luz que faz a gente se sentir em um camarim. Meus problemas acabaram, pensei, e me animei a conversar com a querida Jackie de Botton, diretora da The School of Life Brasil. Jackie começou a transmissão quinze minutos antes do combinado para que ajustássemos alguns detalhes, e acreditei que ninguém estava nos vendo ainda – não ria, por ignorância já se fez coisa bem pior neste país. Passei a chamar minha filha, aos gritos, para que viesse até a sala me ajudar (ela estava me assistindo do quarto, em choque), mas nada se comparou ao fato de estarmos sem conexão e eu ter achado que isso não atrapalharia o bate-papo.

Dias depois, estava dividindo a tela do meu celular com Mônica Martelli, que tem quase dois milhões de seguidores – desta vez o vexame seria épico. Me sentei à mesa da sala de jantar, a alguns quilômetros de distância do meu roteador. Acho que foi por isso que a imagem travou e o áudio falhou, mas seguimos assim mesmo, aos tropeços, como se eu estivesse em Marte.

O que aprendi? Que meus leitores são um arraso. Não arredaram pé e seguiram confiando no borrão onde deveria estar meu rosto. Graças ao incentivo deles, fiz novas lives em que me saí melhor e os convites continuam chegando. É o jeito: seguir em frente, sem esquecer de rir das desventuras. Não tem sido fácil – nada tem sido – mas é nosso dever seguirmos vivos no jogo. *I'm alive.*

25 de maio de 2020

BOLETIM DE OCORRÊNCIA

22 de maio de 2020, 17h06. Estava desde o início da manhã em frente ao computador tentando escrever um novo texto, mas não conseguia digitar uma única palavra. Alegar falta de assunto, impossível. Não dá para dizer que o mundo anda um tédio, tudo indica que o apocalipse se avizinha, e os terrores são sortidos, basta conferir os sites de notícias, jornais, telejornais. Então o que estaria acontecendo que eu não conseguia me manifestar sobre nada? Foi quando me dei conta de que havia sido vítima de estelionato: a inspiração foi apenas a primeira falta que percebi, mas o butim era bem maior.

Levaram também minha inocência. Fico envergonhada de admitir, mas eu ainda tinha alguma. Não dá para se entregar às evidências o tempo inteiro, a gente acaba ficando cínica em relação à vida. Eu tinha um restinho de inocência no bolso, para alguma emergência. Ela me fazia pensar: vá que não sejam tão dementes, vá que prestem para alguma coisa. Naquela tarde, vi que meu bolso estava vazio.

Além da inspiração e da inocência, passaram a mão no meu discernimento. Já não sei o que é bom ou ruim para mim. Cheguei a planejar uma ruptura. Abandonar as redes sociais, vender meu apartamento e meu carro, desistir de ser colunista, me mudar para um local distante e viver para a leitura, as caminhadas e as visitas dos amigos. Aí concluí: seria uma involução. Sei que já não sou garota, mas desistir desse jeito? Ainda há projetos a realizar e é importante me manter ativa na profissão que escolhi. No segundo seguinte, concluí o oposto: seria uma evolução. Cultivar a paz de espírito longe do caos urbano, se distanciar da toxidez da política, me alimentar melhor, ouvir música, falar menos: é preciso ficar velha para isso? Continuo sem resposta.

Eis a razão deste B.O. que discrimina minhas perdas. Não sei bem a quem acusar. O capitalismo? O fascismo? O comunismo?

Gostaria que um inquérito fosse aberto e, se possível, reaver o que me foi tirado. Não é pouco. Eu vivia melhor. Eu era mais alegre. Reconhecia os problemas do Brasil, mas ainda gostava de morar aqui. Assim como seria feliz morando em certas cidades do mundo. Agora nenhum lugar me parece ideal – a não ser a tal casa isolada em algum ponto distante: fantasias resistem a qualquer vírus.

A idiotice e a ignorância assumiram a chefia e ninguém parece interessado em me ressarcir da ausência de algo belo em que continuar acreditando. Meus olhos estão secando com a luz azul dos celulares. As pessoas andam desiludidas e com medo de apertarem-se as mãos. Os teatros estão vazios. E ninguém mais conversa sobre o amor. Faltava mais nada, roubarem também meu romantismo.

31 de maio de 2020

PRECISAMOS RESPIRAR

Na sexta da semana anterior, vi as imagens nauseantes do policial que se ajoelhou sobre o pescoço de George Floyd por quase nove minutos, sem compaixão diante dos apelos do detido: "Não consigo respirar!". Horas depois, George estaria morto e os Estados Unidos explodiriam em convulsão por mais um ato criminoso de racismo.

Na mesma noite, assisti ao documentário sobre o genial Quincy Jones, que iniciou carreira como trompetista e virou o maior produtor musical de todos os tempos, responsável pelas orquestrações dos discos de Frank Sinatra e de álbuns históricos como *Thriller*, de Michael Jackson. Ele colocou a música negra no mapa, abrindo portas para todos os gêneros, incluindo o hip hop. Amigo íntimo de Ray Charles, admirado por Mandela, Obama, Oprah e outros expoentes da raça, Quincy Jones virou lenda e, aos 87 anos, mereceu essa retrospectiva emocionante. Mas sua infância não foi um passeio de carrossel.

Viu a mãe ser arrancada de casa numa camisa de força quando tinha sete anos. O pai era um delinquente. Criado na rua, Quincy queria ser um gângster quando crescesse – era a única realidade que o menino conhecia. Por sorte, um dia ele chegou perto de um piano e descobriu que podia ser outra coisa.

Em 1951, aos dezoito anos, excursionou pela primeira vez com uma banda de jazz composta só por negros. O racismo era tão intenso que o motorista do ônibus tinha que ser branco para poder comprar comida para a trupe – negros não podiam entrar em restaurantes. No início dos anos 60, artistas como Sammy Davis Jr. e Harry Belafonte faziam grande sucesso em Las Vegas, mas tinham que jantar na cozinha, pois negros eram proibidos de frequentar os salões. Quando Sinatra soube, ameaçou não cantar mais na cidade se os cassinos mantivessem a segregação, e só então a situação melhorou.

A situação melhorou?

Melhorou, mas a cena brutal que aconteceu em Minneapolis (e que ocorre de diferentes formas no Brasil, diariamente) ainda exige muita mobilização. O silêncio não move nada. É preciso, sim, junção de vozes, povo na rua, tudo isso que assusta, mas que transforma.

E é preciso arte, o tempo inteiro. O documentário sobre Quincy Jones está focado em sua brilhante carreira, mas estão ali, também, as fissuras de uma sociedade escravagista que ainda tem muito a evoluir antes de se definir como civilizada. Quincy não é apenas um artista, mas um artista negro e, como tal, sabe que a luta deve ser constante, ou o preconceito continuará evidenciando nossa falência moral. O que ainda estamos esperando? Sejamos empáticos, vamos dar um sentido profundo às nossas vidas, valorizemos mais músicos do que gângsteres. Só assim respiraremos aliviados, sem ter nenhuma vergonha atravessada na garganta.

7 de junho de 2020

AS FAKE NEWS DO AMOR

"Quando existe amor, a relação se torna fácil."
Nunca, jamé. É sempre um desafio, mesmo entre pessoas experientes e bem resolvidas. A maturidade ajuda, é verdade, mas supor que exista uma relação em que um não queira esganar o outro de vez em quando é acreditar muito em conto de fadas. Aliás, os contos de fadas só mostravam o idílio pré-nupcial, nunca revelavam as discordâncias, as concessões e a exaustão daquela parte chamada "felizes para sempre".

"Para sempre?"
Aos que conseguem se divertir e evoluir juntos por quarenta anos, por cinquenta anos ou mais, meu respeito e admiração, mas a persistência pode ter motivos menos nobres, como preguiça, medo, preservação de patrimônio, manutenção do status social. "Duração" não é um valor em si. Quando temos coragem de encerrar um ciclo e nos abrir para novos começos é que podemos ir de fato mais longe. Dois, três, quatro grandes amores durante a vida? Frivolidade nenhuma. Bendita oportunidade de expandir nosso autoconhecimento.

"Só relações sérias e firmes é que importam."
Todas as relações que nos emocionam e que aprimoram a arte da convivência amorosa são "sérias", incluindo as breves, soltas,

leves, que não fazem a gente sentir que está arrastando uma bola de chumbo acorrentada aos pés.

"É num relacionamento que encontramos palavras de incentivo e carinho."
E é também onde somos mais atacados e criticados – intimidade demais dá nisto: bullying conjugal. O amor é para os fortes.

"O melhor de uma relação amorosa: sexo à vontade, quando quiser."
Você deve ser jovem, aproveite. Eu, que também já fui meio tarada, ultimamente ando a fim de lançar a campanha "Conchinha é o novo sexo". Meu namorado discorda 100%.

"É impossível ser feliz sozinho."
João Gilberto era um gênio, mas este romantismo às vezes confunde as pessoas. Muita gente ainda acredita que é preciso formar um casal a qualquer custo. Fundamental é mesmo o amor? Sim, mas só nos casos em que o amor é melhor do que a nossa solidão. Se não for, não é preciso se conformar com qualquer coisa.

"O amor é o lugar em que você pode ser absolutamente sincero."
Aconselhar, pedir, chorar, se abrir? Pode. Confidenciar seus traumas infantis? Que fofo. Pode. Dar uma opinião franca sobre os parentes um do outro, meter a colher sobre a educação dos enteados? Não pire. Narrar as fantasias eróticas que costuma ter com o garçom da churrascaria? Se você é do tipo que produz provas contra si mesmo, vá em frente. Falar tudo, tudo, tudo o que você pensa sobre sua alma gêmea, a fim de

demonstrar a ela sua atenção plena? Acredite: ela prefere sua desatenção prudente e educada.

Um brinde ao fascinante amor de verdade, que não é menos amor, é apenas um amor mais generoso e eficaz. E alma gêmea não existe, também é boato.

14 de junho de 2020

SUBLINHADOS

Eu não parava de elogiar o livro. Afirmei que havia sido uma de minhas leituras mais desconcertantes, que vários trechos haviam mexido demais comigo, e minha amiga ali, de boca aberta, testemunhando meu entusiasmo. Eu estava de fato empolgada, tanto que, quando percebi a bobagem que estava fazendo, era tarde demais. "Me empresta?", ela perguntou.

Não que ela fosse do tipo que some com os livros da gente. É ajuizada, devolve. Mas aquele exemplar específico estava todo sublinhado. Eu havia destacado longos parágrafos e distribuído pontos de exclamação nas margens, feito anotações próprias a respeito das ideias do autor. Ou seja, eu não havia lido o livro, eu havia me relacionado com ele. Intimamente. E isso iria parar nas mãos de uma pessoa com quem eu não tinha a mesma intimidade.

O vínculo que estabeleço com meus livros está longe de ser solene. Eu não só sublinho bastante (à caneta!), como dobro as pontas das páginas e anoto, no reverso branco das capas, coisas aleatórias que me passam pela cabeça durante a leitura: lembranças de sonhos, números de telefone, listas de tarefas, enfim, sou uma herege completa. Meus livros, minhas regras.

Empresto-os, fazer o quê, mas não é uma situação confortável. Se um nude meu vazasse, não me sentiria tão exposta.

Estou exagerando? Muito, é um cacoete. Sei que nada disso é uma tragédia. Foi o que eu disse a uma amiga, na vez em que a indiscreta fui eu: pedi emprestado um livro dela, sem saber que tínhamos o mesmo hábito. O exemplar da minha amiga revelava sua alma atormentada, marcada com uma esferográfica vermelha.

Tentei convencê-la: "Fique tranquila, você acha que prestarei atenção no que você sublinhou?". Claro que prestei atenção nos sublinhados dela. Fiz conjecturas. Especulações. Por que, santo Cristo, uma passagem violenta havia calado fundo em seu coração? Perdi a concentração na história, de tão envolvida que fiquei com os impactos que ela teve durante o decorrer da narrativa. Era justo com a pobrezinha?

Ter tido acesso a seus sublinhados foi um voyeurismo culposo, sem intenção de futricar, mas aconteceu, acidentalmente. É sempre acidental, o que não deixa de ser invasivo. Portanto, vida longa aos sebos. O primeiro proprietário do livro, se também era dado a rabiscos, terá seu anonimato protegido, o que é bem diferente de emprestar o livro para um conhecido e, ao recebê-lo de volta, ter que enfrentar aquele olhar cúmplice de quem gostaria de dizer, mas não diz: "Eu sei o que perturbou você".

Por essas e outras, está lançada a campanha #compre-seuspriprioslivros. Ou, ainda mais importante: #frequentebibliotecas. Assim, você fará a suprema gentileza de não interferir na mais fechada relação a dois.

5 de julho de 2020

A VIDA E O TEMPO

As pessoas têm reclamado da quantidade de vida que estão desperdiçando durante o isolamento social. A sensação é de que 2020 já era, foi um ano morto. Há quem inclusive faça piada dizendo que não trocará de idade, manterá a do ano passado, até que possa festejar seu aniversário de novo.

É natural acreditar que a vida é o que acontece enquanto estamos ocupados. Ao cumprir inúmeras tarefas, utilizando todas as horas do dia com atividades práticas, parece que conseguimos manter a morte à distância – brincando de Deus, nosso hobby.

Mas aí vem essa crise sanitária que nos paralisa e nos joga na cara, diariamente, um número preocupante de óbitos. Manter a morte à distância não está mais relacionado com agitação, e sim com ficar parado dentro de casa, por mais que tanta gente não consiga compreender e tirar proveito disso.

Poderíamos ser menos obtusos se Filosofia fosse matéria escolar obrigatória, mas os alunos continuam tendo acesso apenas ao pensamento de seus ídolos, que certamente não são Aristóteles na guitarra, Platão na bateria e Sócrates no vocal.

Nietzsche nunca gravou uma live, mas dizia: "Aquele que não dispõe de dois terços do dia para si é um escravo". Deveríamos trabalhar oito horas e dedicar as outras dezesseis ao ócio, ao lazer, ao sono, à meditação. Tão lindo e tão irreal.

Até início de março, gastávamos as dezesseis horas restantes nos congestionamentos, farmácias, mercados, cartórios, bancos, lojas, consultórios, filas. Mas o cenário já não é esse. Muita gente ainda precisa ir para a rua (pessoal da saúde dando expediente puxado), mas eu e tantos outros estamos em home office, e finalmente dispomos de dois terços do dia para fazer as refeições com mais calma, para ler, para "desperdiçar" com aquilo que equivocadamente chamamos de fazer nada.

Sêneca complementa: "Pequena é a parte da vida que vivemos. Pois todo o restante não é vida, mas somente tempo". Ou seja: ninguém está mais longe da vida do que o homem superocupado, que nunca se detém, não contempla seu passado, não desfruta o presente e está sempre de mãos vazias em relação ao futuro.

Filosofia em plena pandemia, sim. Temos que extrair algo bom deste período. Antes, sobravam só uns minutinhos para o que realmente valia a pena – telefonar para os avós, preparar um suco de laranja, contar uma história para uma criança. Mudou. Podemos adicionar mais plenitude a este tempo que parece não passar. Já não há pressa, nem excesso de compromissos. A tarefa mais urgente é prestar atenção aos nossos sentimentos internos, que ficavam sem ser observados. Os dias andam repetitivos? Pois eles têm tudo para ser mais vívidos do que aquela agenda empanturrada que, por ora, deixou de nos atazanar.

12 de julho de 2020

IN NATURA

Fique em casa, fique em casa. Alguém acha que isso não interfere na nossa respiração? Tem muita gente sentindo falta de ar sem ter sido contaminado pela covid. Eu mesma, outro dia, acordei no meio da noite me sentindo sufocada. É por isso que as pessoas, contrariando as recomendações das autoridades, fogem para parques, para as margens dos lagos, para qualquer lugar onde haja vegetação, água e muito, muito ar, este ar que não respiramos direito por trás das máscaras, o ar que nos falta diante desta pandemia interminável que bagunçou nossas vidas.

Não estou incentivando rebeliões. A máscara é incômoda (já nem acho tanto), mas é preciso usá-la mesmo assim, e saia de casa o mínimo possível, só quando for necessário, mantendo distanciamento das pessoas que encontrar. Continuam sendo essas as regras de comportamento civilizado e preventivo. Enquanto a vacina não chega, paciência, paciência e paciência, nesta ordem.

Mas bendito aquele que conta com uma rota de fuga. Se você tem uma tia que vive numa chácara, visite-a e leve um bolo de presente. Se ela reconhecer você ("como cresceu!"), mude-se para a casa dela, provisoriamente.

Se namora alguém que mora na beira do rio, peça-o em casamento (estou brincando, Pedro). Se você tem um sítio ou um refúgio no meio do mato, fique lá com seus livros e discos, volte a acampar. Possui seis metros quadrados de jardim? Serve. Uma casa na praia? Não humilhe. Eu seria capaz de matar para estar na frente do mar neste exato instante.

Em vez de restaurantes fechados, que se volte a fazer piqueniques sobre a grama. Em vez de lojas de roupas e salões de beleza, consumir flores nativas e lavar nós mesmas o nosso cabelo. Está com saudade das avenidas barulhentas e lotadas? Antes o céu silencioso e lotado de estrelas: as verdadeiras luzes necessárias, longe das luzes produzidas.

Não me faz falta igreja se conto com árvores, dunas, riachos e colinas, que são a representação máxima de Deus, o seu verdadeiro templo, onde ele convoca a todos, de qualquer religião, incluindo os sem religião.

Se você tem um naco de ar livre a seu alcance, e seu trabalho (ou ausência de trabalho) permite, pegue a estrada, se mande. Durma a céu aberto, caminhe sobre o verde, mergulhe e dê muitas braçadas até os pulmões rebentarem de prazer pelo reencontro com sua natureza humana, finalmente em harmonia com a natureza ambiental.

O oceano é vasto. As montanhas são enormes. Há campos a perder de vista. Habitemos de forma mais bem distribuída este planeta que teima em se confinar em metrópoles infestadas de gente.

2 de agosto de 2020

ASSIM COMO NÓS PERDOAMOS

Você perdoaria uma traição amorosa? Perdoaria uma demissão injusta? Perdoaria um amigo que te insultou? Fui preparada para responder essas perguntas na estreia da nova temporada do programa Potter Entrevista, que tinha o perdão como tema. E, durante o papo, minha inclinação foi para o "sim", mesmo correndo o risco de ganhar o troféu Água com Açúcar 2020.

Perdoar me parece um verbo arrogante. Deus perdoa, papas idem, padres também – simples mortais passam uma borracha no assunto. É o que faço, agora que sou uma mulher madura, que não desperdiça mais energia com as obstruções que encontra pelo caminho. Parei de usar este verbo, perdoar, desde que, poucos anos atrás, tive oportunidade de conversar com Nelson Motta: fiquei encantada com a doçura, a leveza, a jovialidade daquele guri, na véspera de completar setenta anos. Qual o segredo?, perguntei. "Não guardo rancor."

É isso. Não guardar rancor é o mesmo que perdoar, só que sem a pompa. Ninguém precisa ajoelhar na nossa frente, nem rogar por nada. A gente simplesmente deixa pra lá e toca a vida. Não é a coisa mais fácil do mundo, antes é preciso deglutir a pancada, mas há um limite de tempo para essa ruminação, caso contrário, envelheceremos arrastando correntes.

A medida do imperdoável é sempre a intensidade da dor. Quando somos jovens, tudo dói demais. Ainda nos sentimos especiais, mimados, e ai de quem ferir nossos sentimentos. Até que a gente amadurece e se dá conta de que mágoas e afins estão na categoria "coisas que acontecem". Ninguém gosta de se sentir ofendido, mas alimentar a raiva é mau negócio: tudo que fica retido dentro da gente acaba nos implodindo de alguma forma. Poema de Vera Americano: "Perdão/duro rito/ de remoção do estorvo".

Já me aprontaram. Pessoas próximas, outras nem tanto. E daí? Estou mais preocupada em viver bem, tarefa que toma boa parte do meu tempo. Não sobra para dar cartaz aos vacilões.

Crime é outra coisa, a pessoa tem que se ver com a Justiça. E se mexerem com minhas filhas, esqueça tanta benevolência, viro uma leoa, saio da toca faminta pela jugular de quem se atrever. Mas guardar rancor durante décadas por ter sido frustrada, negligenciada ou algo do tipo? É dar muita trela para nosso ego: ele é péssimo em dimensionar reveses, faz tudo parecer maior do que é.

Outro dia um amigo disse algo muito sábio: a maioria das pessoas agressivas não são más, são apenas infelizes. "Apenas" infelizes. Então, misericórdia. Pragueje um pouco e depois esqueça a afronta, pois o castigo delas começou bem antes de terem cruzado com você.

6 de setembro de 2020

VAI, AMOR

É difícil, mas essa hora sempre chega: a de abandonar, deixar partir.

Quando começa, confiamos que tudo será cristalino e empolgante. Fazemos o nosso melhor e acreditamos que nada, nenhum outro irá superá-lo. As ideias deslizam, o olhar brilha, mal controlamos o sorriso no rosto: está dando certo. Está funcionando. Você não sabe direito aonde irá chegar, mas já sente o imenso prazer em debulhar suas emoções sem pudor, dividir suas reflexões, abusar da argúcia, do humor, e se congratula: está correndo melhor do que o esperado.

Aí acontece.

De uma hora para outra, a magia embesta de falhar. Acho que foi quando você se levantou para buscar um copo d'água na cozinha. Ou talvez você não devesse ter tido o ímpeto de interromper o que está fazendo para descer até a garagem, só porque havia esquecido a máscara no console do carro. Você volta para o apartamento e ele não parece mais o mesmo. Como é que uma impressão muda tão rápido? Você não deveria ter se mexido, saído do lugar, mas ninguém pode ficar refém de uma atenção plena. Telefones tocam, uma amiga chama, alguém distrai você com outro assunto, e quando você tenta retomar de onde estava, ele já não se parece com o jeito que era.

A noite cai e você vai dormir, descansar. É provável que tenha sido apenas um pressentimento que sumirá ao amanhecer.

Mas o dia amanhece e a realidade se sobrepõe às ilusões. Nada se mantém com o frescor do início, você já deveria saber. É mais uma relação que, como todas, dará trabalho. Você usará uma palavra que não caiu bem e terá que voltar atrás. Você insistirá, teimosa, numa ideia que não será bem compreendida. Você se sentirá desestimulada e cogitará não levar a história adiante, pensa em começar algo totalmente diferente, mas depois repensa: já chegou até aqui, investiu tanto tempo, vai dar tudo certo no final. E insiste mais um pouco.

Você gostaria que fosse perfeito, mas a perfeição é uma medida só almejada pelos tolos, você sabe perfeitamente disso, você inclusive declara isso aos sete ventos, por que então essa insistência em tentar corrigir até os detalhes insignificantes? Ele se tornou quem é, por mais que você ainda tente mudá-lo. E ele precisa ir ao encontro de outros olhos, você não pode mais retê-lo. Acabou. Aceite. Deixe-o partir.

É mais ou menos assim, caro leitor, que me relaciono com cada texto que escrevo. Chega a hora em que é preciso abandoná-lo, ou perderei o prazo de entrega para o jornal. Não é fácil, sempre fica no ar a sensação de que eu poderia ter me esforçado mais. E só no dia da publicação, quando o reencontro em meio a outros textos, é que descubro onde foi que eu errei.

20 de setembro de 2020

O DILEMA DAS REDES

Não sou das mais obcecadas por redes sociais. Se, ao sair de casa, percebo que esqueci o celular, não volto, nem sofro. Adiciono apenas amigos no meu perfil no Facebook. Não deixei de ler livros. Não levo o celular para a aula de pilates nem jamais o deixo em cima da mesa de um restaurante. Quase não compartilho o que vejo no perfil dos outros, e quando o faço, é algo relacionado à cultura – raramente passo adiante comentários sobre política. Ainda assim, o diagnóstico universal serve para mim também: fiquei viciada, como qualquer outro usuário. Consulto os meus perfis com frequência para contar quantas curtidas, quem curtiu, o que comentou, essa egotrip vergonhosa que nos entusiasma e limita ao mesmo tempo. Doping, sem dúvida.

É disso que trata o documentário *The Social Dilemma* (Netflix), que mistura um pouco de dramaturgia com impressionantes depoimentos de ex-diretores do Google, Facebook, Twitter, Instagram e demais empresas que lidam com inteligência artificial. Enquanto eu assistia, percebi meu coração disparado, parecia que eu estava diante de um filme de terror.

Quando a gente era criança, nossas mães nos proibiam de aceitar balas de estranhos: vá que dentro houvesse alguma substância tóxica. Dessa maneira, evitavam que nos tornássemos vítimas de traficantes imaginários. Mas foi questão de tempo até que outro tipo de intoxicação nos contaminasse. Somos a última geração a vivenciar a era analógica antes de entrar na era digital. As crianças de hoje não tiveram a mesma sorte, se lambuzam com tecnologia desde cedo, e quem vai tirar o doce da mão delas? Tente.

Não desgrudamos das redes por medo de perder alguma coisa, seja um convite, uma cantada, uma fofoca, um elogio, como se não pudéssemos ser alcançados de outra forma e dependêssemos de gigas para existir. O problema é que a perda já se deu – não dentro das redes, mas fora. Conversas presenciais, a observação do entorno, o contato visual com outras pessoas, o ouvido atento para a música e os ruídos da natureza, o tempo para leitura e introspecção, a capacidade de chegar a conclusões por raciocínio lógico, e não por indução. Perdemos a paz. Somos fisgados e manipulados de manhã, à tarde e à noite, freneticamente. Vídeos, fotos, memes, propaganda, todas essas postagens "casuais" são programadas para atender a corporações que comandam o mundo através de nossas clicadas. Não sou eu que estou dizendo. São os especialistas que criaram o bicho e desistiram dele ao ver que o monstro estava fora de controle.

Alarmismo ou não, assista ao documentário, você não ficará tão aterrorizado a ponto de jogar seu celular no lixo depois dos créditos finais. Mas já será uma grande coisa se aprender a diminuir a ansiedade e mostrar a ele quem é que ainda manda.

27 de setembro de 2020

AS MULHERES VÃO EMBORA

"Toda mulher tem um homem que se foi." Assim começava um poema que escrevi uns vinte anos atrás, reforçando a ideia de que os homens um dia saem para comprar cigarro e esquecem de voltar. A sociedade sempre aceitou como natural a figura do homem que um dia se enrabicha por outra e abandona a família, ou, dizendo de forma menos cafajeste, a do homem que deixa de amar a esposa e reconstrói sua vida. Eram eles os detentores da liberdade de ir e vir. Tinham dinheiro no bolso, portanto, eram donos de seus narizes: às mulheres restavam as lágrimas e uma boa pensão, com sorte.

Hoje, as mulheres também vão embora. Não precisam alegar que irão comprar cigarro na esquina, a sinceridade é mais saudável: se vão porque a relação se desgastou, se vão para escapar de um parceiro agressivo, se vão porque se apaixonaram por outro, se vão porque evoluíram profissionalmente e novas oportunidades surgiram. Se vão porque assim decidiram.

Diante da secular hegemonia masculina, nossa independência ainda é uma novidade, nem todos se acostumaram. Mas homens esclarecidos e sagazes nos respeitam. Sofrem, como nós sofremos com a partida deles. Choram. A dor da perda é a mesma. Vez que outra, os mais inconsoláveis rogam praga: "Você vai ficar sozinha para o resto da vida!". Cuidado. Em vez de inibi-la, a ameaça poderá entusiasmá-la:

o que não falta é mulher sonhando em sair de uma relação para viver só para seus livros, filmes e amigos, livre como o vento soprando nas montanhas. Pena que não há poesia na ignorância. Uma mulher que se vai, para muitos, é uma afronta. Homens mal preparados para a igualdade não sabem lidar com a rejeição. Em vez de buscarem uma terapia para ajudar, eles buscam a arma que escondem em cima do armário, buscam uma faca na gaveta da cozinha e aumentam os índices de feminicídio. É só ler os jornais, acompanhar as estatísticas. É sempre a mesma razão banal: matou porque ela teve a audácia de largá-lo.

Extra, extra! As mulheres vão embora. Ganham o próprio salário e vão embora. Leem, se informam, se unem, se reconhecem em outras mulheres e, se for necessário, vão embora. São mães e vão embora sem fugir de suas responsabilidades: estão protegendo os filhos de um ambiente hostil. Amaram seus homens, foram felizes com eles, e quando deixaram de ser, foram embora. Nada de novo, é o que os homens sempre fizeram. Novidade seria se eles fossem assassinados por causa disso.

Eduquemos bem nossos meninos de oito, de dez, de quinze anos: mulheres não são propriedade alheia, elas vão embora. Cientes dessa realidade, eles se tornarão os melhores companheiros quando adultos, os mais inteligentes, os mais amorosos, aqueles que darão a suas parceiras todos os motivos para ficar.

11 de outubro de 2020

OBRIGADA AOS MEUS DIAS RUINS

Se mordomia fosse mais importante para mim do que liberdade, teria morado na casa dos meus pais até me casar. Se depois de dezessete anos de casados eu e meu marido não tivéssemos reavaliado nossa escolha e nos separado, não teríamos vivido outras importantes relações amorosas. Se depois de uma década trabalhando em agências de propaganda eu não tivesse perdido o entusiasmo pela publicidade, não teria me arriscado a escrever para jornais. Se depois de duas décadas escrevendo para jornais eu não tivesse sentido o tédio batendo à porta, não teria arriscado ter um canal no YouTube e escrito um roteiro de cinema. Que sorte eu não ter sido feliz pra sempre.

Tenho muito a agradecer aos meus dias ruins. Foram os choros silenciosos, abraçada ao travesseiro, que me colocaram contra a parede: "Por que você está se submetendo a essa dor?". Ter ido atrás da resposta me fez movimentar a vida e trocar de planos.

Quando meu coração esteve apertado, não agendei exames cardíacos: recorri à poesia. Se compus alguns versos bem escritos, devo às angústias das paixões mal concluídas.

Cada vez que fui rejeitada, desenvolvi a humildade e reforcei meu lado bom.

Ando serena há bastante tempo, desde que me dei conta de que a felicidade "versão Instagram" é um projeto utópico e meio babaca: como ser feliz num país onde tudo foi esculhambado e com uma desigualdade indecente entre seus habitantes? Como ser feliz se, além do país à deriva, ainda temos que nos acostumar com novas regras de conduta social por causa da pandemia? E, saindo do geral para o pessoal: insônias, dívidas, desilusões, discussões: como?

    O único jeito que conheço: desenvolvendo desde cedo o que se chama hoje de inteligência emocional, um guarda-chuva de múltiplos significados, mas que, para mim, se resume a usar a finitude a nosso favor. Vamos morrer – não agora, não de covid-19 (sou otimista), mas um dia, aquele dia que otimismo nenhum adia. Então qual o sentido de encrencar a vida ainda mais? As pessoas fazem drama por bobagem, são competitivas, se acham melhores do que são, executam tarefas de forma relaxada e não assumem seus erros, não cuidam de seus afetos e reclamam, reclamam, reclamam. A cada manhã recebem o novo dia com pedras na mão.

    Tenho também meus momentos em preto e branco, mas não desapareço de mim. Se for uma incomodação pontual, leio um livro, vou dar uma caminhada, espero o dia terminar. Se for mais grave, tento terapia, converso com os amigos, faço mapa astral, ritual xamânico, troco os móveis de lugar, troco os pensamentos de lugar. Me desacomodo. Uso a instabilidade para inaugurar uma estabilidade nova em folha, outra versão da mesma vida. O meu "pra sempre" nunca foi feito de linhas retas nem de velocidade média, talvez por isso a felicidade esteja durando tanto.

29 de novembro de 2020

NOSSO CASO DE AMOR IMPOSSÍVEL

No começo, era apenas a intuição de que tínhamos muito em comum. Então, à medida que fui sabendo mais a respeito dele, confirmei que, de fato, havia sido uma falta de sorte nossos caminhos nunca terem se cruzado. Os 26 anos que separam nossas datas de nascimento jamais impediriam nosso amor: apesar da diferença significativa, a paixão não faz contas, acreditamos ambos.

Temos outras afinidades. Ele não foi um garoto prodígio, nem eu o gênio da escola. Ele era fascinado pelas estrelas de Hollywood, eu uma encantada pelos artistas de novela. Ambos amaram o cinema desde a primeira projeção de suas vidas. Ele não devorou todos os clássicos literários, eu menos ainda. Ele não se abala com fracassos ou com sucessos, eu não dou muita trela para isso também. Ele não é de turma, festa, shopping, agito; sou menos bicho do mato que ele, mas compartilho essa queda pela quietude. Ele não acha divertido se hospedar na casa de ninguém, eu também evito o que posso. O lugar que ele mais gosta é seu apartamento; eu gosto tanto do meu que sentirei saudades de 2020 quando acabar essa pandemia. Ele realiza seu trabalho de forma produtiva e objetiva, a fim de não perder sua reserva para o jantar; eu também nunca entendi a razão de se fazer hora extra, meu lazer é sagrado. Mesmo deixando de faturar mais? "Sim." Você acaba de ouvir nós dois dando a mesma resposta.

Mas ele não gosta de dirigir carros e eu adoro; ele não gosta de rock e eu me assanho diante de uma guitarra; ele é considerado estranho e eu pareço normal; as suas tiradas cômicas são brilhantes e as minhas, inexistentes; ele tem um caso de amor com Nova York desde moleque e eu só fui me apaixonar pela cidade seis anos atrás. É, almas gêmeas não existem, concordamos mais uma vez, e meu coração dispara.

Ora, por que me torturo? Ele nunca saberá da minha existência, nem supõe que assisti a todos os seus filmes, que li todos os livros sobre sua vida e que Mia Farrow não teria a menor chance de ser minha amiga no Facebook. Lendo a autobiografia que ele recém lançou, ficaram claras as razões de ele ter sido inocentado das acusações de pedofilia que sofreu no início dos anos 90, e isso me deixou mais à vontade para seguir prestigiando sua trajetória sem me sentir pressionada a cancelá-lo. Ainda que todas as versões, de todas as histórias do mundo, tragam verdades e inverdades, continuo respeitando plenamente este mestre do cinema que duas semanas atrás completou 85 anos tentando não se deixar levar pela mágoa, enquanto lida com a dificuldade de escalar novos elencos – ficou para trás o tempo em que atores e atrizes davam um braço para receber um telefonema seu. Soon-Yi, continue fazendo Woody Allen feliz ou terá que se entender comigo.

13 de dezembro de 2020

DEIXANDO DE SEGUIR

Outro dia fiz uma postagem no meu Instagram reverenciando a live de Natal feita por Caetano Veloso, que foi das coisas mais sofisticadas e comoventes a que já assisti. Para dar ênfase ao que me pareceu divino, maravilhoso, cometi a audácia de escrever na legenda que todo brasileiro deveria se ajoelhar diante de Caetano por ele ter nos presenteado com quase duas horas de puro encantamento ao final de um ano tão duro. Ai, Jesus. Pra quê?

Alguns não me perdoaram por usar o verbo "ajoelhar". Como eu ousava pronunciar tamanha blasfêmia? Pensei em debater com eles sobre a importância de flexibilizar os ritos sacros, mas nem deu tempo. Três ou quatro já haviam proferido o solene "deixando de te seguir", que suponho ser o castigo supremo aos pecadores das redes sociais.

Também já deixei de seguir alguns perfis a fim de dar uma limpada no meu feed e por não estar mais interessada no conteúdo oferecido, mas nunca tive a insolência de avisar que estava de partida, até porque sou apenas um número e ninguém vai dar por minha falta. Se eu decidi seguir Fulano, foi porque quis, ninguém me obrigou. Então, se desisti dele, saio à francesa, sem cair no ridículo de achar que minha ausência fará alguma diferença na vida da criatura. Percebe-se que ainda não entendi que a graça de cancelar alguém é justamente fazer um pequeno terrorismo antes.

Não levo muito jeito, mas caso fosse uma terrorista digital, alertaria que estou deixando de seguir quem só posta baboseiras, quem não tem senso de humor, quem exala ódio, quem não consegue colocar o passado no passado, quem só valoriza anjos e santos, quem não sabe a diferença entre ter opinião e ultrapassar limites éticos, quem não consegue sair do jardim de infância.

Deixando de seguir o chato de plantão, a dona da verdade, o campeão do mau gosto, a tia carola, a crente que abafa, o rei dos babacas, o gênio incompreendido, o perito em asneiras, o pobre de espírito, o doutor sabe-tudo, o cowboy sem noção, a miss juventude eterna.

Se bem que nunca perdi meu tempo com eles. Importa é quem vou continuar seguindo. Os amigos antenados, atualizados, que se mantêm em movimento em vez de inertes, à espera da morte. Aqueles que têm senso estético, faro para novidades, que dão dicas de livros, compartilham bons textos, postam fotos incríveis, arrancam risadas, abraçam causas justas, têm classe e inteligência. Sigo jornalistas, músicos, poetas, psicanalistas, filósofos, comediantes, escritores, fotógrafos, cozinheiros, cinéfilos, artistas, viajantes, além de alguns destrambelhados charmosos e malucos beleza. Sigo quem me faz bem, quem acrescenta, ilumina, diverte, espanta a mesmice. Todos eles, e mais Caetano Veloso, de joelhos.

3 de janeiro de 2021

BRINQUEDOS

O que eu mais queria, quando criança, era virar adulta. Quem escuta isso, pensa que eu tive uma infância sofrida, só que não: correu tudo bem, com amor, estudos, lazer, amigos. Eu apenas tinha certeza de que seria mais feliz quando virasse gente grande e pudesse escolher livremente meus brinquedos favoritos. E deu-se como eu previa.

Pequena ainda, brincava de Suzi (versão brazuca da Barbie) e com outras bonecas. Brincava também com os brinquedos do meu irmão (carrinhos, forte-apache, mesa de botão) e gostava muito de atividades ao ar livre: andar de bicicleta, jogar caçador, pegar jacaré no mar (o nome das brincadeiras varia conforme a região do país). Mas algo me avisava que eu me divertiria ainda mais com o que viria pela frente.

Tudo começou com a máquina de escrever que ganhei aos treze anos. Datilografar virou uma brincadeira tátil e sonora, e pensei em ser secretária quando crescesse. Por contingência do destino, acabei virando redatora publicitária, depois escritora e, por consequência, secretária de mim mesma – nunca mais desgrudei de um teclado. Se eu tivesse que escrever com caneta tinteiro, como os autores de antigamente, não teria persistido na carreira literária.

O prazer transforma tudo o que faço numa atividade lúdica. Talvez esteja aí o segredo de considerar que a vida pode ser leve quase sempre, basta encarar as tarefas inspirando-se naquela criatura que costumamos chamar de "nossa criança interior".

Quando estou no pilates, me divirto com os malabarismos exigidos (ainda que pragueje de vez em quando). Adoro fotografar, e eis que os smartphones e seus filtros nos deram a ilusão de ser um Cartier-Bresson. Ler é formidável, ainda mais com um lápis colorido na mão, assim posso marcar as passagens que me tocam e as verdades que me calam – muito melhor que desenhar, coisa que não sei fazer.

Eu fugi de casa uma vez, devia ter uns sete anos. A aventura durou até eu dobrar a esquina, quando fui resgatada antes de sumir no mundo: em dez minutos, estava de volta ao meu quarto. Depois disso, fugi outras centenas de vezes (para Mykonos, Ouro Preto, Havaí, Japão, Florianópolis, Buenos Aires, Londres) sem que ninguém corresse atrás de mim. Foram escapadas igualmente palpitantes, com a vantagem de que duraram dias, semanas, meses, e não dez minutos.

Acompanhar o florescer de uma orquídea, colocar uma mesa bonita para um jantar especial, dançar na sala, dirigir um carro numa estrada cinematográfica, dormir numa cama que não é a minha, passar um batom vermelho, escolher um colar para presentear uma amiga. Meu espírito curioso e encantado continua onde sempre esteve – a não ser que se considere que adultos não devam mais brincar. Eu brinco o tempo todo, mesmo sendo tão difícil de explicar.

10 de janeiro de 2021

A MONTANHA QUE ESCALAMOS

"Onde podemos encontrar luz nesta sombra sem fim?" É um verso e ao mesmo tempo uma pergunta que faz parte do poema que Amanda Gorman leu durante a posse do presidente americano Joe Biden, e que foi respondida por ela própria, ao se apresentar diante do planeta com seu faiscante casaco amarelo e seu sorriso luminoso. Durante os seis minutos que durou sua performance, ela esbanjou elegância, consciência, juventude, esperança, suavidade – isso tudo embalado em poesia.

Amanda Gorman é um farol.

Boa parte dos americanos vibrou com o fim do governo Trump, e boa parte do mundo também, pois o que acontece nos Estados Unidos reflete em todas as nações. E o que refletiu foi o retorno da luz. Biden não é um super-herói e certamente cometerá erros, mas é um democrata preocupado com o meio ambiente e com os direitos humanos, e escolheu como vice uma mulher negra com ascendência indiana e jamaicana. Simbolismos que indicam que "para colocar nosso futuro em primeiro lugar, devemos antes colocar nossas diferenças de lado", outro verso do poema de Amanda, ela própria descendente de escravizados e criada por mãe solteira.

É muito difícil evoluir sem que se avalie as consequências de decisões burocráticas na vida pessoal de cada um. O poder sempre esteve atrelado às chaves do cofre, a tanques estacionados nos quartéis, a botões que disparam mísseis, a falsos apertos de mãos entre interesseiros – o povo é apenas um detalhe, como muitos já disseram. Não me iludo, a política seguirá sendo um conluio de bastidor, que é um lugar escuro, mas recupero minha fé quando vejo governantes demonstrando empatia com o que acontece nas ruas e nos lares, que é onde os "detalhes" fazem a roda girar e o dia amanhecer.

Amanda, por breves instantes, foi uma porta-voz. Não só do novo governo americano, mas de um novo futuro que está tentando abrir nossas cabeças: até quando consideraremos arte e diversidade como assuntos menores? Por que a religião é tão soberana, enquanto a natureza (sagrada como qualquer Deus) é valorizada apenas como cartão-postal? Colocamos preço em tudo, julgamos mal quem não se parece conosco, competimos por pódios que nem existem: até quando seremos tão vulgares?

É uma montanha alta, a da sabedoria. E governos arrogantes não abastecem a população com equipamentos para escalá-la. Educação, oportunidades e respeito são nossas botas de alpinismo, nossos apetrechos para vencer cada etapa. Amanda Gorman escolheu bem o título para seu poema, "The hill we climb". É bonito ver jovens com ideais, traduzindo seus sonhos em versos e, com eles, retirando as pedras do caminho. O mundo não quer mais saber de sonhadores, eu sei, mas o mundo está errado.

31 de janeiro de 2021

ADORÁVEL ESQUISITICE

Nunca tinha ouvido falar de Fran Lebowitz. Seu sobrenome me remeteu instantaneamente à fotógrafa Annie Leibovitz (frutos do mesmo pé, pensei), mas logo percebi que era ilusão de ótica: o *w* de uma não dialoga com o *v* da outra. Em comum, apenas o talento, cada uma com o seu.

Nos anos 70, Fran assinava uma coluna na revista *Interview*, de Andy Warhol, e dali saltou para os livros de crônicas e participações em programas de entrevistas, em que dá respostas ácidas e cômicas para qualquer pergunta, sobre qualquer assunto: virou cult. Uma espécie de Dorothy Parker, também ela uma crítica perspicaz da sociedade norte-americana, falecida em 1967.

Além da verve afiada, Fran tem como grande amigo Martin Scorsese, que a dirigiu na série queridinha do momento, *Faz de conta que Nova York é uma cidade,* e que tornou popular, entre nós, essa adorável estranha – estranha não apenas no sentido de desconhecida, mas também na aparência, com seus ternos Saville Row e botas de cowboy, um look andrógino que ela mesma reconhece como esquisito, mas que é seu uniforme desde garota.

Adorei conhecer Fran Lebowitz e seu sarcasmo, suas neuras, sua inteligência. Alguém dirá: claro, ela é a personificação de Woody Allen. Idênticos eu não diria que são, o cineasta está mais bem pontuado no meu ranking, mas a comparação procede. Há quem não goste do estilo ranzinza de ser, e já ouvi comentários desabonadores sobre este tipo de (mau) humor que detona com tudo o que o senso comum idolatra – no caso da série, a cidade de Nova York.

Eu gosto de quem é crítico em relação ao que ama. Quando Fran fala sobre os bueiros, o metrô, os pedestres que não cruzam olhares ou a especulação imobiliária, não está pensando em fazer as malas e partir: ela está declarando seu amor a uma metrópole que jamais conseguirá abandonar. Nós também somos mais críticos com nossos familiares do que com amigos: quando o vínculo é vitalício, desejamos nada menos que uma relação perfeita, e por isso somos mais severos e impiedosos. Aos que não têm o nosso sangue, aí sim, toda a condescendência.

Casamentos, mesma coisa. Quando o parceiro ou parceira encasqueta com nossos defeitos e tenta consertá-los, é chato, mas tem amor incluído. Alerta eu fico quando o outro deixou de se importar. Quero que ao menos se divirta implicando com minhas manias, enquanto eu me divirto com suas excentricidades. Esquisitices sempre trazem embutida alguma ternura e nos fazem rir – quando não nos apaixonam. Eu, por exemplo, me apaixonei por Fran, pela série e ainda mais por Nova York. Impossível resistir à sedução de quem sabe encontrar os argumentos certos para combater o consagrado, apesar da rabugice. E, melhor ainda, não sendo minha parente.

7 de fevereiro de 2021

MÃES SOLO

Semanas atrás publiquei uma coluna em que citava Amanda Gorman, que leu um poema na posse do presidente americano Joe Biden. Em dado momento do texto, a apresentei como ela mesma se apresentou naquele dia, dizendo que era descendente de escravizados e filha de mãe solteira. Não me senti confortável ao usar esta expressão, mas foi a tradução que fiz de *single mother* e, como não me ocorreu outra, deixei por isso. Depois que enviei o texto para o jornal, pensei: hmm, vai chover reclamação, fui descuidada. Mas a torrente não veio. Recebi uma única mensagem mencionando o fato, e nem foi de uma mulher, e sim de um leitor chamado Marcelo. Foi ele que, com muito tato, me puxou a orelha: você não conhece a expressão "mãe solo"?.

Sigo perfis nas redes, leio livros, assisto a entrevistas, documentários, mantenho o radar ligado e, ainda assim, tanta coisa me escapa: não, eu não conhecia a expressão mãe solo. Se ouvi, não retive. Por isso, volto ao assunto para corrigir-me e para chamar a atenção de alguns outros desavisados, se houver.

Décadas atrás, uma mulher que não casasse era uma tragédia. Desqualificavam a vítima chamando-a de solteirona. Não bastasse o rótulo pejorativo, ela era vista como amarga, infeliz e solitária – afinal, não havia sido "escolhida". Não é de hoje que o mundo é cruel.

A roda girou e mulheres solteiras transam, com ou sem parceiro fixo. O casamento passou a ser uma opção, não um destino. E sendo a gravidez um efeito colateral do sexo, um dia o teste dá positivo. Infelizmente, muitos ainda se apressam em julgar a grávida sem marido como uma aventureira ou irresponsável. Onde está o pai? Boa pergunta. Fugiu? Não quis assumir? Acontece muito. Às vezes, ele não foge, ao contrário, assume com alegria a paternidade e divide as responsabilidades com a mãe, dando ao filho o mesmo amor, mesmo sem formarem um casal. Pode, também, ela engravidar numa relação casual e resolver criar o filho sozinha. Ou ela pode ter sido inseminada por um doador desconhecido. Outra hipótese: ela pode ser homossexual e decidir ter um filho, adotado ou biológico, como um projeto próprio, particular.

Todas essas variantes têm um ponto em comum: seja qual for o caso, ninguém tem nada com isso, não é passível de julgamento. Joan Wicks é uma professora californiana que criou sozinha seus três filhos, um menino e duas meninas, sendo, uma delas, Amanda. Joan era casada? Nunca foi? Não sabemos e não importa. O resultado é Amanda, uma menina elegante, talentosa e consciente, que demonstra ter recebido uma educação de muito valor de sua mãe solo. Da mesma forma que há pais solos, e não pais solteiros.

21 de fevereiro de 2021

UM MINUTO DE SILÊNCIO

Tenho percebido que a poesia anda visitando as redes sociais com uma frequência que não havia antes. Atores e atrizes dizem poemas, Betos e Marias dizem poemas, e os versos se espalham por escrito também, alguns fotografados direto dos livros. Poesia, veja só. Aquela flor atrevida que surge entre os tijolos dos muros e as lajes das calçadas, e que altera a visão do mundo.

Não foi combinado, ninguém propôs, não marcaram dia e hora para começar. Começou. Alguém lembrou de Bandeira numa terça, outro puxou uma Cecília Meireles na quarta, um Manoel de Barros veio à tona sexta-feira, e das páginas os versos saltaram para o universo digital, que estava mesmo precisando de algo mais depurado do que a bruta troca de ofensas entre dois lados.

A poesia como resposta ao que não nos foi perguntado: merecemos uma sociedade tão desnutrida de valor, tão árida, estéril e nefasta? Em meio a um país fúnebre que conta seus mortos, que é infectado diariamente pela estupidez e assiste a ascensão da miséria intelectual como se fosse um triunfo, vem a poesia em nosso socorro e traz um pouco de luz. Palavras cintilantes, como vaga-lumes aqui e ali, acendendo tochas na escuridão.

A poesia, que tantos acham difícil e solene, vem juntar-se aos nossos estilhaços, às nossas lives e postagens, vem nos acariciar e sussurrar belezas, vem promover um breve instante de comoção, vem preencher o vazio e espantar essa esquisita friagem vinda da região central do Brasil, esse espírito glacial que intenciona trocar nossos vestidos vaporosos e camisas coloridas por fardas que enrijecem o caminhar e a liberdade dos passos. Vem ela, a poesia, colocar-se a postos para esse confronto de delírios, ofertando, em contraste, sua magia. Em vez de lunática, inteligentemente anárquica; em vez de pirada, inspirada. Esparramando bom astral por onde passa.

A poesia está no varal e suas roupas penduradas, no semblante da moça dentro do ônibus, num guarda-chuva preto atrás da porta, na chama da vela que treme ao se abrir uma janela, nas mãos dadas dentro do cinema. A poesia está no resto de bolo na geladeira, no vapor que embaça o espelho depois do banho, na cama desarrumada do quarto. Seu filho dormindo também é um poema.

A poesia não é oculta, e sim discreta. Basta um convite do olhar e ela se revela, para então se esconder novamente atrás da pressa, do tédio, do desencanto, do barulho.

Hoje estou aqui para saudar a reação espontânea de tantos internautas, necessária resistência diante da tentativa de arrancarem de nós o que é sentimental, deixando-nos apenas palavras rudes e paredes com marcas de tiros. A poesia, milagreira, retorna. Flor que brota no cimento e que, insolente e bela, nos salva, nem que seja por um minuto, aquele respeitoso minuto de silêncio.

20 de junho de 2021

OS CHATOS NECESSÁRIOS

Um texto de autor desconhecido viralizou nas redes dizendo que o Brasil sempre respeitou a diversidade, é só recordar os antigos programas de humor (*Viva o Gordo, Os Trapalhões, Chico City, Casseta e Planeta*) e nossos ídolos da música (vários gays) e do esporte (vários negros). Diz ainda que a turma do politicamente correto tem lutado contra "monstros" e "rótulos" que ela mesma criou (as aspas não são minhas) e que por isso o país está assim, chato pra caramba. Ao final, os créditos dessa obra-prima do desatino são repartidos com "todos aqueles com mais de cinquenta anos que, realmente, viveram livres e felizes".

Através do saudosismo, o texto tenta manipular a emoção do leitor, que poderá cair nessa esparrela sem perceber que tudo o que esse autor anônimo deseja é ficar em paz dentro da sua bolha. Maldita internet, que deu voz a todos, não? A gente ouvia Marina e se sentia moderno, ria com o Hélio de la Peña e pronto: não havia preconceito no mundo. De repente, Marina, Hélio e tantos outros artistas, jornalistas e ativistas se uniram a fim de mostrar que a bolha estourou e que inclusão não significa aparecer na tevê. Inclusão se faz nas ruas, nas leis, em projetos sociais. Xaropice, né?

Saindo do sarcasmo e indo direto ao ponto: todo processo civilizatório se dá através de uma mudança de mentalidade, e ela não muda sem algum gasto de energia. Se os abolicionistas não fossem "chatos", a escravidão não teria fim. Se as sufragistas não fossem "chatas", mulheres ainda não poderiam votar. Se as feministas não fossem "chatas", o mercado de trabalho continuaria sendo um reduto masculino e os feminicídios ficariam impunes. Não acredito em mundo ideal, mas acredito em um mundo melhor, e ele só melhora graças àqueles que não se acomodam, que insistem na busca por igualdade, justiça, evolução, tudo aquilo que os desinformados chamam de mimimi, fechando suas portas para a realidade não entrar. Optam pela alienação, que exige pouco dos neurônios e é bem mais simpática.

O assunto merecia ser estendido, mas o espaço está acabando e não sinto nenhum prazer em chatear você. Então concluo: é um privilégio estar viva nesta época histórica em que questões identitárias estão presentes nos debates, nos livros, nas lives, nas entrevistas, a fim de avançarmos, mesmo que lentamente, para uma sociedade em que possamos não apenas assistir a pessoas gays e pretas nos palcos e estádios, mas conviver diariamente com elas dentro da família, ser tratadas por elas nos hospitais, aprender com elas em salas de aulas, ser defendidas por elas nos tribunais, viajar em aviões pilotados por elas e vê-las receber o mesmo tratamento da polícia. Tire os chatos de cena e adivinhe quando chegaremos lá.

18 de julho de 2021

A INFLUÊNCIA PATERNA

O pai, cercado pelos filhos, faz um pronunciamento: "Pretendo desobrigar vocês a usarem o cinto de segurança, que só tem utilidade para quem dirige mal". Os filhos se entreolham. É sabido que o cinto de segurança evita mortes em casos de colisões de pequeno e médio impacto. É um dispositivo de segurança para todos, não importa se dirigem bem, se dirigem mal, se não dirigem: estando dentro de um veículo em movimento, há risco. Motoristas e passageiros do mundo inteiro usam o cinto, que tem eficácia comprovada. O pai estaria batendo bem?

Diante da reação de perplexidade da família, o pai, no dia seguinte, diz que foi mal interpretado, que ainda vai encomendar um estudo, aquela enrolação costumeira de quem faz uma burrada atrás da outra e depois tenta consertar. Só que a mensagem principal foi transmitida: o pai não confia no cinto de segurança. É um negacionista. E mesmo que se reconheça que ele bobeou, a mensagem foi assimilada pelo inconsciente. Amanhã, um dos filhos esquecerá de usar o cinto e tudo bem. Depois de amanhã, outro filho viajará no banco de trás e prender o cinto parecerá uma besteira. E assim, influenciados pela hierarquia paterna, circularão em meio ao trânsito sem usar o cinto e, claro, não sairão ilesos no caso de um acidente, tudo porque aquele homem, que deveria zelar pela família, usa sua autoridade para dar exemplos estúpidos.

É assim também na vida pública. Todo chefe de Estado é visto como o "pai da pátria". Quem assume um cargo de tamanha importância não pode se dar ao luxo de ir pela própria cabeça e induzir tanta gente ao erro. É preciso que dialogue com outros líderes, respeite a ciência, busque informação de qualidade e tenha compromisso civilizatório. Presidência não é lugar para irresponsáveis.

Países que imunizaram mais de 70% da população estão flexibilizando, aos poucos, o uso da máscara, e mesmo assim, existe receio – ninguém se atreve a dizer que a pandemia é um episódio do passado. No Brasil, menos ainda. Há muita vacina a ser aplicada antes de relaxar. Milhares de brasileiros não procuraram até hoje os postos de saúde para tomar a segunda dose e alguns nem mesmo a primeira, atrasando a necessária imunização coletiva, o que não aconteceria se tivessem recebido o incentivo categórico de quem comanda. Tenhamos em mente que, gostemos ou não, há um homem ocupando o posto de líder, de influenciador, de pai da nação. Tudo o que ele faz e diz, por mais bizarro que pareça, contagia e infecciona. Pai ausente é um drama social. Afeta destinos. Todos precisam de um, mas não de um que nos usa como cobaia de seus devaneios.

8 de agosto de 2021

NÃO BASTA FALAR EM DEUS

Um leitor me pergunta por e-mail: "Como podes atacar um homem tão bom, um aliado de Deus?". Não preciso dizer a quem ele defendia. A mensagem era cortês, de alguém que acredita que um político que se apresenta abraçado a Deus logicamente fará o melhor para todos. Enquanto isso, o diabo ri pelas costas dos inocentes.

Política e religião não deveriam se misturar, um assunto é público e o outro é privado. Mas, curiosamente, são os políticos mais "polêmicos" (ah, os eufemismos) que usam e abusam de Deus como cabo eleitoral, pois sabem que a religião sempre serviu como blindagem contra críticas.

Muitos de nós buscam conforto na religião, outros buscam conforto na natureza, na arte, na ciência, no humanismo – tanto faz. Uma pessoa é boa pelos seus princípios éticos e morais, não pelos meios com que alimenta seu espírito. Eu posso ser equilibrada, amorosa, generosa e solidária sem nunca ter colocado uma hóstia na boca e sem atribuir minhas ações a uma força divina e sobrenatural. Assim como posso ir à missa todos os domingos, crer que Deus está acima de tudo, e minha suposta benignidade ser uma fraude.

O que eu chamo intimamente de Deus, e o que você chama, está igualmente a serviço do bem e do mal, ou não haveria extremistas radicais, atentados terroristas, populações subjugadas em nome da fé. Adesivar o carro com o emblema "Jesus te ama" ou rezar antes das refeições têm efeito zero sobre nossa índole.

Há maneiras mais eficientes de descobrir se alguém é de fato especial. Ouça o que ela diz. Observe como se comporta. Que respeito tem pelos outros. O quanto é sensível ao sofrimento alheio. Como trata aqueles que a estão servindo. O quanto se interessa por quem não lhe é útil. O que a emociona. Em que medida se compromete com a verdade. O quanto se dedica à escuta. O tom de voz com que se comunica. Em que ela contribui para a sociedade. Qual sua predisposição em evoluir, em acompanhar as mudanças do seu tempo. O quanto evita causar desassossegos. Se estende a mão quando lhe pedem ajuda. Como lida com crianças e idosos. Qual a importância que dá para a beleza de uma escultura, para a emoção provocada por uma música. Se consegue compreender que miséria e vício não são escolhas, se sente compaixão por quem padece pela desigualdade social.

Prestando bem atenção, você conseguirá perceber se essa pessoa tem valores e intenções confiáveis, ou se é uma egoísta a serviço da própria vaidade e da ambição por poder. Seja qual for o resultado da sua análise, você não terá a mínima ideia se ela é religiosa ou não.

A pessoa que fala em Deus, que cita Deus, que se agarra em Deus, pode ser um ser humano extremamente bom e justo. Mas, para confirmarmos, falta todo o resto.

29 de setembro de 2021

FAXINA LITERÁRIA

O primeiro passo é providenciar a "sujeira". Espalho frases de qualquer jeito, abuso dos pronomes possessivos, solto umas ideias mal alinhavadas – que ninguém me veja. Há um começo manco, um final precipitado, mas já se percebe o conteúdo, precisa apenas de uma boa faxina. É um texto, apenas mais um texto esparramado na tela em branco. Tem futuro, depois que começar a varredura pode dar certo, mas deixe para amanhã, desligue o computador e vá dormir.

No dia seguinte, mãos à obra. A página tem que ficar apresentável, estará diante dos olhos de muita gente, procure não passar vergonha.

É a partir desse ponto que me animo, que gosto de ser aquela que escreve, sabendo que escrever não é só emendar uma palavra na outra. É limpar, suprimir, arrumar, desinfetar, reescrever uma, quatro, dez vezes, até abrir a porta ao prezado leitor e liberar o acesso, "pode entrar".

Aquele verbo, por exemplo. A frase ganhará outro ritmo se ele tiver três sílabas em vez de duas. Busque outro com o mesmo sentido e se possível a mesma terminação.

A palavra medo não se aplica no segundo parágrafo, o assunto não é tão dramático, troque por receio, que fica mais suave, e fique atenta àquela rima ali no meio, a não ser que seja proposital, o leitor perdoa quando o autor poetiza a rotina. Vamos lá, não desanime, ainda há trabalho pela frente.

Aquelas redundâncias perto do fim: dispense todas elas.

Puxa, justo onde inseri uma piada? Cortá-la vai doer, a gente se apega, sabe? Será que posso transferi-la para outra parte do texto? Não, ela não serve, precisa ser eliminada. Lá por novembro você tenta de novo, hoje não é dia de gracinhas. Diga adeus, coragem.

Retiro um "é preciso reconhecer que" para ir direto ao assunto, dou contundência a uma descrição, deleto quatro adjetivos poluentes e troco "até este exato momento" por algo mais enxuto: "por enquanto", isso. Preciso me manter nas cercanias dos 2.300 caracteres ou comprometerei a diagramação da coluna.

Passo a guilhotina nos advérbios, enxugo um excesso de palavras terminadas em -ão e troco uma crítica explícita por uma ironia. Aparafuso uma palavra que estava frouxa, ajusto uma concordância equivocada e inverto a sequência de duas frases – hum, ficou melhor assim. Substituo uma expressão em inglês por sua versão em português, retiro umas aspas, altero um tempo verbal, reforço um ponto de vista, volto a colocar as aspas, leio tudo em voz alta e só então me indisponho com uma gíria que não se usa mais. Será? Humm. Tá bem, ela fica.

Terminou? Termina nunca. Sempre sobra uma gordurinha ou uma pontuação duvidosa, mas, paciência, uma hora é preciso dar o texto por encerrado, relaxe, ficou ajeitadinho, o público já pode entrar.

19 de setembro de 2021

FESTA DE UM

No período de dezoito meses, as portas do mundo fecharam, ninguém entrou, ninguém saiu. De fronteiras a residências, isolamento foi a palavra adotada. Quem ainda circulava pelas ruas não fazia por diversão: atendia doentes, comprava mantimentos, ia à farmácia e voltava direto para casa, sem a habitual passadinha no bar ou na academia no final da tarde. Diante das estatísticas trágicas, e por respeito a tantas perdas, pouco se falou na solidão como efeito colateral da pandemia.

E efeito sério, solidão deprime. Não a todos – há quem lide muito bem com a própria companhia –, mas o ser humano é gregário, sente falta de se juntar, misturar, confraternizar, coisas que só agora, vacinados e aos poucos, tomando os cuidados necessários, começamos a nos atrever. Mas demorou. Antes dessa lenta alforria, foi um tal de dialogar com o espelho do banheiro, passar um tempão no sofá maratonando séries, bater papo com os amigos por WhatsApp, pedir comida por delivery e engordar. Pois é, não bastasse a deprê, solidão engorda. Muita gente ganhou uns quilinhos extras durante o recuo forçado.

Mas a gente se entrega? Se entrega nada. Crises estão aí para serem revertidas, compensadas. Se você não reparou, eu reparei: durante o confinamento, o pessoal começou a dançar entre quatro paredes. Quem estava namorando ou estava casado quando o coronavírus chegou para estragar a festa (e manteve-se heroicamente casado, apesar do excesso de grude), passou a fazer bailinho na sala, pagode na cozinha, ensaiou um tango no corredor. Uma pequena caixa de som, uma boa playlist no Spotify e quem diria? Bebida por conta da casa.

Já quem foi surpreendido pela pandemia em plena entressafra amorosa, sem um par perfeito ou imperfeito, se virou como? Do mesmo jeito. Fez festa de um. Suou a camiseta como se estivesse na pista, cantou alto sem medo de acordar a vizinhança, levantou os braços como se não houvesse amanhã – e ninguém sabia se haveria mesmo. Quem não soltou suas feras, nem caiu na gandaia, ficou mais triste e pesado.

Nunca precisei de uma ameaça global para dançar em casa, mas agora peguei gosto e, enquanto não fraturar uma vértebra, continuarei com minha rave individual ou a dois (ambas as modalidades disponíveis por aqui), embalada por "Fade Out Lines" (The Avener), "Ring My Bell" (Anita Ward), "Don't Think I Could Forgive You" (Tell me Lies), "The Only Thing" (Claptone), "Save Your Tears" (The Weeknd), "Sunshine" (Cat Dealers, LOthief, Santti), "Again & Again" (Oliver Tree) e outras músicas da minha playlist específica para noites incontidas. As sugestões são brinde da colunista. De nada.

Se não é meio ridículo dançar sozinho? Pode acreditar, é maravilhosamente ridículo.

17 de outubro de 2021

SUA ESTUPIDEZ, BRASIL

Meu bem, meu bem, você tem que acreditar em mim... Estou apelando para Roberto Carlos, quem sabe ele me ajuda a dar uma cantada nesta pátria borocoxô. A pandemia nos entortou. Ninguém imaginaria que um ciclone viral se atravessaria na nossa história, nos atingindo a caminho do altar, da formatura, do aeroporto. De repente, tudo mudou. Adeus, liberdade para sair de casa a qualquer hora, abraçar desconhecidos, dividir o mesmo balcão do bar. Logo nós, célebres pela camaradagem e irreverência, viramos ursos hibernando no inverno e no verão, grudados 24 horas nas redes sociais. Teve que ser assim, mas agora, vacinados e retomando aos poucos a vida que a gente tinha, começamos a olhar para os lados e a contabilizar o estrago, como sobreviventes que saem lentamente de um bunker. Todo mundo perdeu alguém ou alguma coisa, quem é que venceu? A estupidez.

Ninguém pode destruir assim um grande amor... Mas aconteceu. Mesmo sendo uma nação fragmentada pela desigualdade social, o bom trato nos unia: ser afável não era a exceção, e sim a regra. Havia oposições, discordâncias, mas a bandeira do país era de todos. Torcidas brigavam, às vezes a flauta passava do ponto, mas não havia esse climão, essa brutalidade que não é espontânea, e sim estimulada.

Não dê ouvidos à maldade alheia, e creia... A despeito de tantos problemas, o alto astral era nosso cartão de visitas, lembra? Chegava a ser difícil explicar como havia tanta gente risonha em meio a tanta carência, mas era fato: o ar não pesava. Mesmo na corda bamba, matando um leão por dia, todo brasileiro tinha no DNA o gene da bossa. Terra de gente divertida, de explosão de ritmos, de erotismo sem culpa. Sempre fui muito crítica ao país, mas nunca desdenhei da nossa alegria, da nossa extraordinária natureza e da nossa arte, três grandes motivos de orgulho. E que agora estão aí, desbotados, minguando.

Quantas vezes eu tentei falar, que no mundo não há mais lugar, pra quem toma decisões na vida, sem pensar... Minha voz é apenas mais uma entre diversos brasileiros que estão todos os dias escrevendo, debatendo, postando notícias com fonte segura, refletindo com seriedade sobre o país, trazendo à tona nossa história e ancestralidade, valorizando mais do que nunca o conhecimento, as pesquisas científicas e as crenças espirituais voltadas para o acolhimento sem exclusão. O material da casa é farto e está à disposição de quem deseja se aprofundar, enquanto o mundo, lá fora, observa espantado esse Brasil que em tão pouco tempo trocou o violão pelo fuzil, a simpatia pelo desaforo.

Sua estupidez não lhe deixa ver... que ainda te amamos, Brasil, ou não estaríamos insistindo tanto para você acordar deste pesadelo e voltar à sua luminosidade original.

31 de outubro de 2021

A QUEM ENCONTROU A CARTEIRA QUE PERDI

Prezado, prezada,
    Nem por um segundo cogitarei que você enfiou a mão na minha mochila num momento em que eu estava distraída. Minha intuição diz que você não cometeria essa indelicadeza. É mais provável que eu tenha esquecido a carteira sobre a bancada de uma loja, na hora que estava pagando algo, ou a deixei cair no chão do shopping durante uma manobra desastrada, talvez ao colocar a alça da mochila por cima do ombro – tenho a mania tola de deixar zíperes semiabertos. Você chegou logo depois e deparou com aquele objeto ali, abandonado, dando sopa.
    Já soube que você não foi até o setor de achados e perdidos, ninguém me chamou pelos alto-falantes, ótimo, um mico a menos. Tampouco me mandou uma mensagem pelas redes sociais, deve ser um dos poucos tímidos que ainda restam. Por via das dúvidas, fiz um boletim de ocorrência, por favor não se ofenda. Agora você tem em mãos um cartão de crédito inútil, já que bloqueado, e 1.100 reais em dinheiro vivo. Já não uso dinheiro para nada, mas havia dois pagamentos em cash a fazer naquela tarde. Me conta, criatura de sorte, por onde vai começar?
    Torço para que você se matricule em algum curso, que sonhe em fazer aulas de dança ou teatro, e que a quantia seja

suficiente para a arrancada. Ou que você entre numa livraria e saia com três sacolas repletas de poesia e ainda compre ingressos para ir a um show com os amigos. O troco você destina a uma rodada de cerveja e bolinhos de bacalhau, avise a turma que é por sua conta. Não me decepcione sendo sovina com dinheiro que caiu do céu.

Puxa, você não tinha me dito. Seu filho sonha com a camiseta oficial do time dele, pediu de Natal. Agora ficou sem desculpa, atenda o garoto, mas seja um Papai Noel para sua mãezinha também, ela está devendo uma fortuna na farmácia. Se você ainda não está por dentro do preço dos medicamentos, vai cair duro quando souber o quanto a coitada desembolsa para se aliviar das dores da artrite.

Olha, não é porque estou ligeiramente envolvida no assunto que vou me sentir no direito de me meter, mas já me metendo: dá para lotar o carrinho do supermercado, dá para encher o tanque e dá para pagar as dívidas mais urgentes, se você tiver juízo. Ou entrar no primeiro ônibus para o litoral com seu amor e trocar um longo beijo em frente ao mar. Claro, dá para poupar, depositando cada centavo no banco, mas não vejo graça nenhuma. Se a carteira perdida fosse de um desempregado, seria calamitoso, mas vá que o desempregado seja você: gaste. Bombons, camisa nova, um corte de cabelo, outra tatoo, assinatura de um canal, luzinhas na sacada. Recompense minha perda fazendo bom uso do seu desejo. Lamentarei menos se você atenuar a falência geral e for estupidamente feliz por um dia.

28 de novembro de 2021

CARTA AOS BEATLES

Prezados,

Esta carta chegará atrasada, com dois de vocês já habitando outro plano, mas como foi sacramentado que a banda é eterna, minhas palavras vão para os quatro.

Quero falar de *Get Back,* claro, o documentário que está obcecando quem é beatlemaníaco (ia escrever "foi" beatlemaníaco, mas alguém conseguiu deixar de ser?). Lennon quase passou por um cancelamento por ter dito que vocês eram mais famosos que Jesus Cristo (sorte que as redes sociais não existiam), mas o exagero da declaração procede, os Beatles se tornaram mesmo uma espécie de religião, e agora temos a oportunidade de entrar no céu através de uma plataforma de streaming.

Não sabia que o documentário seria dividido em três partes e totalizaria sete horas de imagens: a indução ao tédio é um risco, pois são só vocês quatro num estúdio, dia após dia, criando canções e discutindo o próximo show ao vivo (que viria a ser o último). Eu mesma, lá pela metade da primeira parte, tive que parar porque bateu a fome. Coisa mundana, jantar. Mas voltei para a frente da tevê e já estou aqui remetendo minha adulação nessas mal traçadas.

Não é qualquer banda que cria um gênero musical. Existe o jazz, o blues, o rock, o samba, o hip-hop, o forró, os Beatles, o gospel, o bolero. Vocês fundaram um estilo único, sofisticado, de extraordinária inventividade, nenhum disco igual ao outro. Não há quem não reconheça os primeiros acordes de "Yesterday", "The long and winding road", "Hey Jude", "Don't let me down". São duas centenas de clássicos em apenas dez anos.

Vocês entraram no meu quarto de menina e ofertaram a trilha sonora da minha vida. Quem diria que, tantos anos depois, através desse documentário, eu também entraria na intimidade de vocês. Que me sentaria ao lado de George Harrison enquanto ele criava um riff de guitarra ou que dividiria a banqueta do piano com John Lennon (licença, Yoko). Que perceberia tão nitidamente a calma de Ringo e a hiperatividade de Paul, e como cada um dos quatro lidava com o temperamento do outro, mantendo a elegância até mesmo – ou principalmente – durante as desavenças. Não, nunca foi *only rock'n'roll*.

Nove de janeiro de 1969: o parto de "Let it be". O privilégio de ver nascer uma obra-prima. A busca pelo tom melódico, pelas palavras certas. Neste dezembro de 2021, esparramada num sofá em Porto Alegre, me vi transportada para a fleumática Londres e virei voyeur de um big bang: o desenvolvimento inicial das canções que atingiram em cheio aquela menina de sete anos que eu fui e que tinha vocês como ídolos inalcançáveis – e que agora tem a honra de senti-los tão perturbadoramente perto.

Devemos ao diretor Peter Jackson esse presentaço de Natal e a vocês quatro a genialidade que nos legaram. Talvez eu não esteja falando por todos, mas falo por mim, herdeira perplexa de tamanha fortuna e, agora, mais beatlemaníaca que nunca.

5 de dezembro de 2021

QUEM ESTÁ *ON*?

Postei uma foto no meu perfil do Instagram em que apareço tomando a vacina contra a covid-19. Na legenda, de poucas palavras, deixei claro que era a terceira dose. Recebi muitas curtidas e alguns comentários, entre eles o de uma moça que perguntou: "Martha, você já tomou a terceira dose?".

Dias antes, havia postado sobre o lançamento do meu novo livro no Rio, em fevereiro próximo, e disse na legenda: "Não há outras cidades confirmadas. Quando houver, avisarei". De novo, muitas curtidas e alguns comentários, entre eles: "E Goiânia?" "Curitiba quando?".

Não sou louca de desconsiderar: é carinho, eu sei. Mas é também um sintoma. Houve um tempo em que as pessoas liam livros, muitos deles extensos, divididos em dois ou três volumes. Depois veio a era tecnológica e com ela a impaciência: leituras rápidas, cultura do aperitivo. E agora nem isso: a criatura passa os olhos por duas linhas e não registra nada.

Ninguém mais quer perder tempo, é o argumento de defesa. Mas não me convenço. A falta de foco, sim, é que nos faz perder tempo: somos obrigados a repetir as perguntas, repetir as respostas, voltar aos mesmos assuntos duas, três, cinco vezes. Estamos nos comunicando miseravelmente, trocando mensagens cifradas, com preguiça de dar uma informação completa, de prestar atenção nos detalhes, de facilitar o entendimento.

Agimos como aquelas telefonistas estressadas que atendiam um cliente enquanto deixavam outros sete pendurados (na saudosa época em que não falávamos com robôs).

Essa pressa toda para quê mesmo? Dizem que é o tal do *fear of missing out* ou, em bom português, "medo de ficar por fora". Em vez de a pessoa se dedicar uns minutinhos a concluir o que está fazendo – uns minutinhos!! –, ela some e já está em outra e depois outra e ainda outra interação, que serão igualmente capengas. Isso é medo de ficar por fora? A pessoa já está em órbita e não percebeu. Fica batendo de porta em porta e não entra em lugar nenhum.

Adentre, amigo. Puxe uma cadeira e sente. Converse. Pergunte pela família. Olhe nos olhos. Cinco minutos de atenção não arrancarão pedaço. Fique o suficiente para demonstrar que se importa com seu interlocutor. Cale-se e escute. Nutra esses preciosos cinco minutos, para que eles não se dissolvam por inanição.

Ando bem tonta com a esquizofrenia cibernética, com o parcelamento de informações, com a falta de cuidado e de concentração. Ninguém mais se esforça minimamente para estabelecer uma conexão verdadeira. Agora virou moda dizer que fulano tá ON, sicrana tá ON. Balela. ON a gente estava quando se importava. Agora estão todos off, desligados crônicos, vivendo a falsa ilusão de uma vida plena. ON, mesmo, está quem consegue pausar.

19 de dezembro de 2021

DUAS HORAS DE PRESENTE

Ganhei duas horas memoráveis de presente de Natal. Numa noite da semana passada, exausta pelas atividades do dia e pela pressa que caracteriza esta época de festividades, me sentei em frente à tevê e escolhi para assistir, no cardápio da Netflix, ao novo filme do italiano Paolo Sorrentino, *A mão de Deus*. Não imaginava que estava abrindo o melhor pacote que poderia ser deixado embaixo da minha árvore.

É o que chamo de timing perfeito. No encerramento de mais um ano tenso e difícil, nos chega esse convite para pisar nas nuvens. Sorrentino, de *A grande beleza*, nos presenteia com outra epifania, um filme que inicia excêntrico e imprevisível, até que, aos poucos, começa a tocar no divino. É a história de Fabietto, jovem de dezessete anos que está prestes a realizar um sonho: ver seu ídolo Maradona jogar no Napoli, o time da sua cidade. Mas a vida lhe reserva ainda outra surpresa, um forte empurrão para que se despeça da sua inocência.

Parece um roteiro como qualquer outro, mas quem está no comando não é qualquer diretor. Sorrentino dá uma aula sobre seu ofício. Posiciona a câmera de modo a extrair ângulos incomuns e confirma a máxima felliniana de que o cinema não precisa servir para nada, a não ser para nos distrair da realidade. E assim somos arrebatados pelo extremo fascínio de suas imagens e flutuamos em outra dimensão, para longe da vulgaridade dos julgamentos.

Por duas horas, esquecemos do mundo politicamente correto, das disputas entre o certo e o errado, da obrigatoriedade de tudo ter que fazer sentido. O absurdo vem buscar seu lugar de fala. O racionalismo cede lugar ao sensorial. A fantasia conquista o pódio máximo da realização humana. Nápoles, aquela cidade caótica, suja e barulhenta que costumamos ver em enquadramentos realistas, torna-se uma joia neoclássica, uma metrópole cintilante. Até um engarrafamento no trânsito apresenta-se em majestosa organização.

Sorrentino eleva o status das caricaturas, abençoa as alegorias e impede nosso abatimento – é proibido ficar entediado. Não há uma única tomada que não seja gloriosa, mesmo as breves. É noite. Numa rodovia à beira-mar, um carro com urgência para chegar em um hospital vai ultrapassando os outros, num balé de faróis, sombras e movimento ritmado. E uma cena qualquer se torna "a" cena.

Que filme bem-vindo depois de uma pandemia que colocou a todos de joelhos diante da crueza dos fatos e da vida. É como se a mão de Deus nos tirasse do meio dessa bagunça e nos jogasse em outro plano. Uma experiência cinematográfica formidável. Se antes eu era admiradora, me tornei devota de Sorrentino, e devoção me parece uma palavra adequada ao final de mais um dezembro.

26 de dezembro de 2021

O DIA FATAL

Sempre que chega o fim do ano, um calafrio me percorre. "Passei por ele de novo", penso. Atravessei todos os doze meses e cada um de seus dias, e um deles era ele, que, discreto, não se fez notar. Percorri o dia da minha futura morte em plena vigência da vida. É sobre a vida que pretendo falar, confie em mim.

Ele existe: o dia fatal. Porém, anônimo. Pode ser o 13 de abril, o 21 de junho, o 8 de novembro ou qualquer outro dia do calendário 2022 que se descortina. Olho para todos os próximos 365 dias e levo fé de que passarei por ele, mais uma vez, sã e salva, sem desconfiar o ano (felizmente, indeterminado) em que ele não me deixará seguir em frente, me reterá para sempre e formará, junto à data do meu nascimento, a dupla mais importante da minha biografia: o dia em que cheguei e o dia em que parti, inseparáveis na minha lápide. Que ele não tenha o mau gosto de cair no mesmo dia que nasci, quero o privilégio de ter duas datas masters para me chorarem.

Falta de timing dessa mulher, talvez o leitor esteja pensando. Em pleno entusiasmo da virada, este assunto? Entenda, é apenas uma homenagem à elegância da inocência. Todos os anos, passo 24 horas vivenciando um dia que terá grande destaque no meu futuro, porém acordo como se fosse uma data qualquer. Cumprimento o sol que avisto pela janela, tomo meu suco de laranja, enrolo uma fatia de queijo numa fatia de blanquet de peru e engulo esse enroladinho em pé mesmo, enquanto aguardo meu personal para uma hora de treino de força, confiante de que isso me garantirá alguma longevidade. A inocência é muito camarada, nunca estraga nosso prazer de fazer planos.

Antes que ele seja o último, será mais um dia comum. Escreverei um texto que não mudará o mundo, talvez assista a um filme com o namorado e me preocuparei com trivialidades, sem ter a mínima ideia de que estou passando por um outro tipo de aniversário, aquele que jamais celebrarei.

O que isso tem a ver com a vida? Tudo. A vida só é bem aproveitada graças a essa única ignorância a festejar. Na inauguração de mais um ano, sinto como se eu tivesse a eternidade toda para amar, para viajar, para lutar por mudanças necessárias, para fazer novos amigos e com eles beber muito vinho. Para plantar uma muda de cipreste no jardim, acreditar que a verei crescer e que ainda desfrutarei de sua sombra – pouca, cipreste não dá muita sombra, convenhamos.

Prezo a generosidade deste desconhecimento fundamental, o segredo mais bem guardado do universo, que nunca se revela, a fim de que possamos percorrer sossegados a estrada adiante, do contrário, paralisaríamos. É isso, a crônica esquisita é apenas para agradecer o mistério, esse adorável condutor dos nossos sonhos.

2 de janeiro de 2022

BOA PORCARIA

Abro a geladeira. Encontro a salada mista que sobrou do almoço. E iogurte natural, água, alface, chicória, queijo fresco, ovos e uma tigela de morangos. Penso em tirar uma foto e postar no Instagram com uma legenda motivadora: "Por uma vida mais leve e saudável". Ganharei seguidores e ninguém suspeitará a saudade devoradora que sinto da época em que simples e natural era se empanturrar de porcarias.

Até os trinta anos, eu ingeria veneno como se todo dia fosse aniversário de criança. Era um festival de corantes e aromatizantes artificiais. Abria um pacote de nachos e passava cream cheese em cada um, os dedos ficavam cor de laranja por três dias. Comia pão branco com glúten, queijo processado sabor cheddar e salsichas tipo Viena, isso quando não comprava cachorro-quente na rua, com uma mostarda tão amarela quanto uma placa de trânsito.

Adorava um picolé vermelho que mais parecia tinta congelada no palito. Comia pizza industrializada. Churrasquinho de gato vendido em frente ao estádio de futebol. Churros de doce de leite fritos numa panela com azeite reaproveitado há duas semanas.

Bala de goma, pirulito com chiclete dentro, pipoca de micro-ondas, bolacha recheada, barras gigantes de chocolate, refrigerante normal, fast food e seus derivados. Fazia muitos anos que havia abandonado as bonecas e os bambolês, já namorava, trabalhava e levava vida de gente grande, mas ainda não conseguia cortar os laços com a parte da infância que me preenchia de satisfação e cáries.

Palitinhos de queijo, croissants, risoles, empadinhas, folhados e mais tudo que fosse feito com farinha. Brigadeiros, quindins, balas de coco, leite condensado e mais tudo que levasse açúcar. Já fui muito adepta das falsas promessas de felicidade.

Era uma época de displicência e farra dos sentidos. Cancerígenos eram a nicotina e o alcatrão. Vibrei quando o cigarro virou o vilão da turma prejudicial à saúde – não ter sido fumante era meu salvo conduto, como se uma coisa tivesse a ver com a outra. Até que engravidei. E intuí que mães deveriam dar bons exemplos. Reduzi as porcarias e comecei a incluir alimentos de verdade no cardápio, mas a desintoxicação foi lenta e a despedida, dolorosa. Custei a atingir a maturidade nutricional. Hoje, ao entrar no supermercado, percorro os corredores das guloseimas sem melancolia, já não me abalo diante dos pacotes de salgadinho. Dou fraquejadas em eventos festivos, claro, mas estou no controle, consigo entrar em êxtase com o azeite extravirgem, a cúrcuma e o sal do Himalaia. Acolho frutas, verduras e peixes. No desespero por um doce, o chocolate 80% cacau resolve a questão. Chega para todo mundo a hora de olhar para trás e se conformar: basta, já me diverti o bastante.

16 de janeiro de 2022

NÃO É FÁCIL MERGULHAR

Não é fácil. Colocar um cilindro nas costas e confiar que haverá oxigenação suficiente enquanto se está a dezenas de metros de profundidade, em alto-mar, e que de lá conseguiremos voltar ilesos. Nunca tive coragem, mas admiro os que têm. Não os considero aventureiros, seria despeito por vê-los realizar algo que jamais conseguirei. Respeito-os e sigo com a cabeça fora d'água, arriscando no máximo um passeio de snorkel, que permite que eu veja alguns peixes coloridos, mas não a vastidão do oceano.

Saindo da literalidade dos mergulhos marítimos e entrando no universo das metáforas: eu mergulho, mas de outro jeito. Desço com prazer até as camadas subterrâneas da minha existência, das quais fazem parte as histórias que escuto, leio e assisto, as informações variadas que recebo e todos os sentimentos que me desconcertam, tantos. O mundo em sua real dimensão – amplo e complexo – é imperceptível para os que se acomodam ao pé de pato e ao snorkel, ainda abusando da metáfora.

Quando se trata de dar consistência à vida, peixes coloridos não bastam. Quero a densidade do oceano, quero as criaturas que permanecem em seus esconderijos, sem vir à tona. Quero o mistério e a luz própria que também há na escuridão. Quero o que me faz sentir medo e encantamento, misturados. Quero a verdade, o habitat dos seres estranhos, a realidade que não se revela sob o sol. Quero tocar no sagrado, no invisível, no que há de mais sublime e secreto, naquilo que não se entrega fácil a nossos olhos.

"Não agrega nada à sociedade" foi o comentário rasteiro que li outro dia sobre o filme *A filha perdida*, mas poderia ser sobre qualquer outra obra profunda, sujeita a julgamentos morais. Quem nasceu para pé na areia não alcança. Não é demérito, apenas despreparo. Não recebeu o treinamento da literatura, da filosofia, da psicologia. Ficou sem oxigenação para interpretar subtextos, silêncios, angústias universais. Não chega lá embaixo, onde se enxerga o que não se vê.

Assim no cinema, assim em tudo, incluindo a política que não preza o aprofundamento de nada. Muitos se contentam com o superficial e a história mastigada, mesmo que fake – melhor assim, fica mais fácil de ser digerida. Compramos falsos heróis e narrativas toscas, que não exigem muito da sensibilidade e menos ainda de um raciocínio elaborado. Mas a grande ausência é mesmo a da coragem, que tantas vezes nos abandona. Um casamento fracassado que a gente finge que ainda tem valor, um relacionamento fraturado que a gente faz de conta que não dói, um destino desperdiçado que a gente não enfrenta nem muda por preguiça, ou para não contrariar o status quo.

Não, não é fácil mergulhar.

23 de janeiro de 2022

UM NOVO OLHAR

Cerca de dez anos atrás, estudei em Londres com uma professora inglesa de cabelos loiros e pele diáfana, com quem eu passava as tardes em conversação, a fim de me aprimorar no idioma de Shakespeare. Entre diversos assuntos, falávamos também sobre vida pessoal. Várias vezes ela mencionou seu namorado, um economista. Planejavam se mudar para Ibiza assim que ele terminasse o doutorado. Só no último dia de aula ela mostrou a foto do moço, e me dei conta que eu sempre o imaginava como sendo branco.

Corta para semana passada, quando voltei de uma temporada carioca e postei nas redes algumas fotos de encontros com amigos. Atenta, a escritora e atriz Elisa Lucinda, com quem também me encontrei, enviou um áudio zombeteiro para meu WhatsApp: "Descobri através das suas fotos no Instagram que sou sua cota no Rio". Ela tem intimidade suficiente comigo para disparar essa flecha, e que bom que o fez.

Anos atrás, Elisa, que é negra, gravou uma entrevista contundente, falando de como pessoas brancas entram num restaurante onde só tem brancos e não percebem que há algo errado com isso. "Se tem territorialidade, tem apartheid", denunciou ela.

Hoje vemos negros e pardos em plateias de teatros, em concertos de piano, dentro de aviões, mas o número ainda é infinitamente inferior à metade que lhes cabe em representatividade, uma vez que são mais de 50% da população. É um avanço contar com Gaby Amarantos e Emicida apresentando programas de tevê, ver elencos de novela menos desiguais, modelos negras nas passarelas e propagandas, mas ainda é cota. Elisa é uma amiga que a arte me deu. Ela não foi minha colega no colégio, não a conheci na academia de ginástica, não frequentamos a mesma sala de espera do médico, ela não foi minha cunhada, não chefiou departamentos nos locais em que trabalhei. Quem se atreveria a dizer que o termo "apartheid" é um exagero?

Vim da classe média alta do sul do país, o que explica meu quase inexistente contato social com negros, mas isso não me aliena da luta contra o racismo, ao contrário. Sei que cabe ao governo diminuir a desigualdade, mas e a parte que cabe a nós? Refletir sobre os nefastos condicionamentos culturais que herdamos é urgente. Se alguém comentar sobre uma empresária que está se destacando no mundo dos negócios, é básico supor que ela seja negra, assim como a terapeuta que uma amiga nos recomenda, assim como o economista por quem minha professora se apaixonou. Qual o espanto? O mundo não é dos brancos, o universo produtivo e intelectual pertence a todos. É constrangedor escrever essa obviedade, é vergonhoso, mas expor as fissuras comportamentais de uma criação apartada dos negros e de sua história também é uma forma de reparação.

6 de março de 2022

MAKE LOVE

Se não há como impedir a pulsão doentia dos que se excitam destruindo vidas, façamos amor. É minha proposta, eu que sou especialista em nada, menos ainda em furores assassinos. Façamos amor com a desenvoltura de um acrobata que desvia do tiro, com a flexibilidade de um contorcionista, façamos amor como os dançarinos do tango, deixemos para os gestores do inferno os discursos longos e gelados.

Façamos amor com a boca, as pernas, os olhos e o coração para fora do peito. Que o prazer que inflamamos em nossas trincheiras íntimas atinja em cheio a humanidade. Que dediquemos a esse hospício mundial alguma compaixão, que nossos corpos não se despedacem em vão, que se mantenham inteiros para, fazendo amor, tocarem o sublime. Façamos amor hoje ainda, com a lâmpada acesa.

Façamos amor porque é isso que falta a eles, porque é um luxo que nunca terão, ocupados demais em ganhar dinheiro e anexar territórios, em apoiar a indústria bélica e em iludir-se que são imortais, façamos amor que isso eles não sabem, que isso eles também têm que comprar.

Façamos amor para tirar a roupa, para ficarmos nus como nua é nossa alma, para glorificar a mais antiga forma de pureza – sexo é o antipecado. Despir-se é uma valentia, uma contravenção poética, é quando retornamos ao nosso estado primitivo, ancestral. Não precisamos de armas para sermos majestosos, não precisamos camuflar o ódio que não sentimos, façamos amor entre nós, porque esse é o nosso acordo de paz.

E façamos não apenas o amor erótico e revolucionário, mas também o amor solidário, o amor de existir com plenitude, o amor que nos encontra pela manhã com a mesma integridade com que fomos dormir à noite, o amor que não é assombrado por pesadelos e culpas, já que nunca traímos nossa essência, não optamos por viver apartados, defendendo apenas um lado. Nosso amor é universal.

Façamos amor, como propusemos em guerras passadas, aquelas que julgávamos finitas e inspiradoras de slogans singelos, *make love not war*, quando acreditávamos que a estupidez do mundo seria passageira. Façamos amor, mesmo o amor tendo esse nome viciado, quase cafona de tão desgastado, amor. Diante da iminência de morrer pelas mãos dos medíocres, façamos o que nos resta fazer.

A morte não é de toda má, nem de toda abrupta, a morte valoriza o poder das nossas palavras, o silêncio da nossa comoção, as cores vivas da nossa existência, a morte é um prêmio ajustado entre as partes, mas a violência é sempre atroz, a covardia mais vil, o ato verdadeiramente obsceno que emerge do escuro. Façamos amor antes que o último miserável apague a luz, façamos amor à tarde, no claro, de um jeito libertário e insolente, enquanto eles ainda não estragaram tudo.

13 de março de 2022

ONDE FOI PARAR MINHA VIDA?

Procuro embaixo do tapete, dentro do açucareiro... cadê? Ainda ontem ela estava aqui, diante dos meus olhos, anotada nas páginas da agenda, o passo a passo dos meus dias, com horários regulados, almoço e jantar, reuniões de trabalho, namorado no fim de semana.

"Ainda ontem" é vício de linguagem. Não faz tão pouco tempo assim, já que entrementes houve uma pandemia que nos paralisou por dois anos, e quando ela começava a ser controlada, veio essa guerra que alterou os batimentos cardíacos de todos, então não foi ainda ontem que eu tive uma vida medianamente organizada, mas lembro bem dela, não pode estar tão longe. Atrás da geladeira, esquecida na garagem... cadê?

Todas as lives começavam com a mesma pergunta: qual será o legado dessa crise, como vai ser quando o vírus deixar de ser uma ameaça, que pessoas nos tornaremos depois dessa experiência? Ah, seremos mais solidários, levaremos em conta o coletivo, teremos mais consciência da nossa fragilidade, inventaremos novas profissões para impulsionar a economia, tudo vai mudar, nada vai mudar. Foi chute para tudo que é lado e ainda aguardo as confirmações dos prognósticos. De certo, mesmo, é que a vida que eu tinha aproveitou que eu estava distraída com o rebuliço do mundo e picou a mula.

Restou esta desatinada buscando a si mesma. Na gaveta do banheiro... será?

Olha eu ali no posto abastecendo o carro para dirigir 800 km, sem medo do cansaço ou do preço da gasolina. Olha eu em frente ao computador pesquisando uma passagem barata para voar até um país caro (Paris e Londres não pareciam tão distantes). Olha como eu dormia mais de cinco horas por noite e tinha cinco quilos menos: lembranças enviadas pelo Facebook, tentando me convencer que aquela continua sendo eu mesma (coitado, até ele ficou no passado).

Nos álbuns de fotografias, escondida nas páginas de um livro... onde ela se esconde de mim, a vida que era minha e que não sei onde foi parar?

Mas parou. É fato. Paralisou no sinal vermelho e o motor apagou. Alguns veículos passam por mim em baixa velocidade e gritam pela janela que estou atrapalhando o tráfego. Outros estão apagados também, ao meu lado, aguardando reboque. Parei, paramos. Você não?

Pode ser apenas um longo agora, reflexão necessária sobre este vácuo entre o que fomos e o que seremos. No fundo é a mesma vida, ainda que pareça vida nenhuma. Talvez tenhamos alcançado o tão desejado "depois da pandemia", mas não consigo retomar do mesmo ponto onde parei, nem realizar um novo parto de mim mesma, desaprendi a partir e acho tudo bem estranho: sério que usei a palavra entrementes neste texto? Continuarei procurando, a vida de antes deve estar em algum lugar.

27 de março de 2022

O DIREITO AO SUMIÇO 3

Já escrevi dois textos com esse mesmo título. Falava sobre o direito de viajar sem ter que mandar notícias a cada cinco minutos, sobre o direito de desconectar do trabalho depois do expediente, sobre o direito de desaparecer por um tempo, ficar inacessível. Sou obsoleta, ainda exalto a liberdade como se tivesse dezesseis anos.

Repito o título, pela terceira vez, agora para tratar de um sumiço mais radical. O ator francês Alain Delon, que sofreu um duplo AVC em 2019, enviuvou em 2021 e completou 86 anos em novembro passado, revelou à revista *Le Point* que cogita a eutanásia e que autorizou o filho a organizar sua saída definitiva de cena. Enquanto escrevo, nada ainda foi efetivado.

Também conhecido como suicídio assistido, o último ato consiste em abandonar voluntariamente uma existência atormentada, com acompanhamento médico e cercando-se de seus amores para uma despedida indolor. É tão censurável assim? Não se trata de incentivar aqui a desistência precoce, mas de respeitar o desejo de quem deu sua missão por encerrada, "sem passar por hospitais, injeções e o resto", como diz o ator. E o resto não é pouca coisa.

Perda da autonomia. Da independência. Da memória. Da lucidez. Qual o valor da longevidade para quem sobrevive apenas para manter suas funções vitais – comer, ir ao banheiro e dormir? Não é a duração da vida que importa, e sim sua qualidade, afirma Betty Milan em seu mais recente livro, *Heresia*. Eu relutaria em apoiar a antecipação da partida de uma pessoa jovem em dificuldade extrema, uma vez que ela ainda teria tempo para se beneficiar dos avanços da medicina e inaugurar uma nova forma de existir, mas a situação é diferente quando se atinge um ponto de não retorno. Sempre que algum doente terminal decide partir, é triste e chocante, como toda morte, mas não considero covardia, egoísmo ou blasfêmia. Optar por interromper o sofrimento agudo causado pela decadência física e mental pode ser não apenas um alívio, mas também um ato de pudor.

Toda resistência é subversiva. Lutar por dez minutos a mais de vida, mesmo em estado de dor, é uma bravura admirável. Mas respeito também aqueles que, depois de viverem bastante, resolvem descansar com a dignidade que julgam merecer, sem prorrogações. Bélgica, Espanha, Suíça, Holanda, Luxemburgo, Canadá, Colômbia e alguns estados norte-americanos não proíbem a prática, desde que haja o desejo expresso do paciente. O Brasil ainda trata o tema como homicídio, sem considerar as particularidades de cada caso.

Quanto mais distantes ficam os meus dezesseis anos, mais celebro o livre-arbítrio. Delon, que seja feita a sua vontade, Deus não vai atrapalhar. Aliás, anda sumido também.

3 de abril de 2022

SILÊNCIO EM MOVIMENTO

Esta é uma crônica para ser lida ouvindo Bach. Esta é uma crônica que trocou o massacre das notícias diárias pela "Suíte número 1 para violoncelo". Esta é uma crônica instrumental que está nascendo às sete horas de uma manhã em preto e branco. Chove.

Coloquei o celular no silencioso. Afasto o mundo de mim. Aproximo de mim meu universo. Aceito, finalmente, que ninguém jamais me compreenderá, não me conhecem por dentro.

Estou por um instante a salvo da vulgaridade. Enterneço. Percepções imprecisas se transformam em poesia. Wagner. De repente, um coral começa a cantar. Me transporto. Uma vez, entrei em uma pequena igreja de uma vila italiana e eles estavam lá, dialogando com os deuses bem na minha frente. A beleza secreta de ser uma intrusa. Meu silêncio, minha rendição, e aquelas vozes.

Sem espalhafato, o céu deste início de manhã se torna cinza-claro, e encontro no meu escuro algo que não estava procurando. Choro.

Violino. Não sinto nenhuma revolta. Estou em casa como tenho estado poucas vezes, apesar de estar sempre aqui. Estou em casa como se não tivesse saído jamais de dentro de mim. A janela está aberta, o dia está molhado, mas não sinto frio. É meu lugar de pausa.

Estou em segurança nessa tranquila solidão. Piano. Parece um castelo vazio, o palco de um teatro, a trilha sonora de um filme, mas sou eu, apenas, me escutando.

Calma. Sei que o sossego dessa inércia não vai durar, que as horas seguintes violarão a sacralidade que há nos recolhimentos, que alguém irá me chamar e terei que dar respostas, analisar contratos, cumprir o combinado. Por enquanto, fecho os olhos. Este momento ainda é só meu.

Liszt. Chopin. Debussy. Inspiro no profundo de mim, longamente. Expiro. É como se eu me despisse inteira para desconhecidos. O dia inaugura assim, musical, sem emergências. Não há o que possa me doer.

A vida não é real. Vida é fascínio, êxtase, elevação. A realidade tem a respiração curta, anda rente às calçadas. Falta pouco para o barulho da obra ao lado começar e me tirar desta paz sem esforço. Erik Satie. A rotina está chegando perto como eu não queria que chegasse, ainda não. Me dê mais cinco minutos.

Parou de chover, mas segue nublado. Réquiem. Pertenço a este gênero de música também, a clássica. A esta desaceleração, a esta epifania. Sou uma orquestra de vários instrumentos, nem sempre intensa. Volto amanhã, quando despertarei cedo outra vez, antes da violência dos hábitos. Minha funcionária acaba de chegar. Os operários da obra já manejam seus guindastes e betoneiras. Meu celular não está mais no silencioso. Camille Saint-Saëns é interrompido pelo interfone, Brahms é cortado pelo sinal de WhatsApp. Preciso ir.

10 de abril de 2022

RECONHECIMENTO

Caetano Veloso tem viajado pelo Brasil lançando o disco *Meu coco*. Em Porto Alegre, onde o assisti, uma coisa me chamou a atenção. No exato segundo em que ele entrou no palco, o entusiasmo com que foi recebido calou a cidade lá fora. Eram mais que aplausos, era o clamor de uma admiração que transbordava, milhares de corações disparados, afeto sonoro e gigantesco. Bom, até aí, é o que se espera do contato inicial entre o artista e seu público, só que a efervescência não diminuiu no decorrer do show, o auditório manteve a fervura, jamais esfriou: declarações de amor eram gritadas de três em três minutos e todos pareciam querer abraçar aquele homem de quase oitenta anos que estava ali, a poucos metros de distância. Não era um fanatismo adolescente, como nas plateias dos Beatles, e nem desafogo depois da tranqueira imposta pela pandemia. Era algo maior e mais bonito. Era um país grato.

Sei que o Brasil não é homogêneo em seus gostos musicais e nem mesmo alguém da estatura de Caetano é uma unanimidade, o que não impede de eu escrever aqui sobre a vasta parcela da população que, gostando ou não do que ele diz e canta, de quem ele apoia ou deixa de apoiar, reconhece a importância que a arte de qualidade tem para a construção de uma nação. Esse reconhecimento é um pilar, sustenta o nosso futuro. Ai de nós se desaprendermos a dar valor ao que é fundamental.

Em um país que tem se dedicado mais a destruir do que a construir, mais a mentir do que enfrentar os desafios, é obrigatório reverenciar os que nos ajudam a largar a barra da saia da mãe. A arte nos amadurece. Ela confia que podemos ir além do pensamento médio. Ela nos ajuda a vencer o medo das mudanças. Tira as rodinhas das nossas bicicletas, para que possamos avançar por nós mesmos.

De que vale uma vida intelectualmente preguiçosa, que se recusa a ir ao encontro do conhecimento, que não se deixa tocar pelo sagrado que há também fora das igrejas? Teatros, cinemas e livrarias são templos. Existir, a que se destina: não à alienação, nem à covardia.

Cada vez que morre um João Gilberto, uma Elza Soares, uma Lygia Fagundes Telles, nós, que tanto aprendemos com eles sobre a beleza e a dor dos sentimentos, e que através deles confirmamos o quão transformador é o saber, deveríamos manifestar nosso profundo agradecimento sempre que a ocasião permitisse. E a quem está vivo, o tempo todo.

As pessoas se tornam mais interessantes através da arte. Ela é o único poder que emociona e salva. O resto são podres poderes, ridículos tiranos, capatazes com sua burrice fazendo jorrar sangue demais. Que as plateias sigam dando seu próprio show de calor humano e coloquem o coração na mão por aqueles que ainda mantêm nossa esperança acordada.

17 de abril de 2022

O LADO SADIO DA DOENÇA

Já comentei que sou a legítima faísca atrasada. Fui a última a namorar entre as minhas amigas do colégio e, claro, a última a transar. A última a trocar vinil por CD, a dirigir um carro com câmbio automático, a ter perfil nas redes. Por sorte, fui a última a contrair covid também – me contaminei semana passada. Quem mandou descuidar do uso da máscara durante um show? Atenção, plateias: a pandemia não acabou. Graças às três doses da vacina, nada de grave aconteceu, apenas fiquei uns dias isolada no quarto, prostrada na cama. Com o corpo moído e uma tosse seca, fora de combate, me restou pensar na vida.

Foi então que lembrei que o mundo não acaba se a gente tiver que parar. Má notícia para os narcisistas, mas para os simples mortais é uma libertação: você acorda mais tarde que o habitual, volta a dormir depois do almoço, dá outro cochilo à tardinha, tudo em plena terça-feira, e a vida que você construiu com tanta responsabilidade e disciplina não entra em colapso. Sua patroa não vai morrer se tiver que ela mesma cozinhar e lavar a louça. Seus alunos contarão com uma professora substituta. Alguma vizinha dará uma espiada em suas crianças. Se você nasceu com privilégios, tem ainda menos motivo para se preocupar. Os e-mails que você não respondeu continuarão aguardando seu retorno. Nenhum contrato será desfeito pelo atraso da sua assinatura. A live cancelada será remarcada sem prejuízo aos rumos da humanidade. As dívidas continuarão sendo pagas no débito em conta e as pessoas que precisam do seu suporte não darão nem um espirro enquanto você não se recuperar.

Conspiração mágica do universo: quando um pilar deixa de estar disponível, o outro se apruma.

Refleti também sobre o sentimento de culpa, que tanto nos atazana. Tive que atrasar um trabalho "urgente" e não consegui prestigiar um evento "imperdível", e nenhum desses adjetivos se justificou. Meu humor não estava dos melhores e incomodei um amigo médico com alguns WhatsApp – paciência. É admirável nossa dedicação para conquistar o troféu de Melhor Pessoa, mas às vezes a gente passa por uma necessidade imprevista e vira um estorvo, um mala, fazer o quê? Adoecer é uma porcaria, desarruma um esquema que funcionava direitinho, nos enfraquece fisicamente e a cabeça também pifa um pouco, mas faz a gente enxergar que a correria insana dos dias não deixa de ser uma doença também. Queremos tanto ganhar tempo, mas fazemos o que com o excedente? Acumulamos ansiedade, só isso.

Queria que ninguém mais fosse contaminado por esse maldito vírus, mas se for, que vire para o lado, durma mais um pouco, repouse e desconecte: contar com a solidariedade dos outros e aceitar que somos dispensáveis ajuda na cura.

24 de abril de 2022

UMA ESCOLHA FÁCIL

Não entendo quando dizem que a próxima eleição será difícil. Mais fácil, impossível. Armas versus livros. Culto à alienação versus incentivo ao conhecimento. Facilitações exclusivas para militares e evangélicos versus uma política social que atenda todas as pessoas, de qualquer credo, cor e gênero, de esquerda ou direita.

Isolamento do resto do mundo versus respeito internacional. Discurso vazio versus diálogo. Fascismo versus democracia. Desgoverno versus governo. Qual a dificuldade de escolher?

A dificuldade chama-se Lula, dirão os que ainda usam o líder petista como desculpa por terem votado num oficial que foi expulso do exército por terrorismo e cujo ídolo é um torturador. Alegam ter sido "obrigados" a colocar o país nas mãos de um homem sem projeto, a fim de se livrarem da corrupção (que ótimo, agora ninguém investiga mais nada). Tiveram que "tapar o nariz" e votar em alguém que nunca debateu uma ideia, em vez de elegerem, mesmo a contragosto, um professor com experiência em gestão pública. Entregaram nosso futuro de mão beijada para um homem que veio do submundo da política, com seu papinho retrô de moralização dos costumes e que usa Deus como cabo eleitoral para manipular a boa-fé de cidadãos mal informados – e os mantém mal informados através da indústria das fake news, a única coisa que progrediu nos últimos quatro anos.

Já alguns bem informados, que sabiam direitinho o que o PT havia feito pelos mais pobres, também vieram com essa conversa mole de "desencanto", a fim de disfarçarem sua identificação com o capitão machista. Deu nisso. Agora somos o país dos milicianos no poder, dos ministérios conduzidos (em sua maioria) por medíocres, da turma desmiolada que despreza a ciência, dos irresponsáveis que foram contra máscara e vacina em plena pandemia. Sério mesmo que temos uma escolha difícil a fazer em outubro?

Corrigir nosso erro histórico não nos conduzirá direto ao paraíso. Seja quem for o candidato ou candidata que conseguir interromper este período grosseiro do Brasil, haverá de ser cobrado desde o dia que assumir. Um presidente da República tem obrigações e, quando falha, apanha da opinião pública, como todos já apanharam, é o ônus do ofício. Somos 200 milhões de patrões avaliando a conduta de um funcionário que pleiteia o emprego mais importante do país e que promete um plano eficiente de gerenciamento. Se não cumprir, fora.

A besteira que fizemos em 2018 está custando caro, econômica e moralmente. De que adianta sermos bons cristãos, se hoje estamos alinhados aos tiranos do mundo? A escolha é fácil: voltemos aos governos que nos desiludem, como todos desiludem em algum ponto, mas que não colocam a democracia em risco, nem usam nossa fé contra nós mesmos.

30 de abril de 2022

O AMOR DE ESTRANHOS

Miguel Flores é um meteorologista célebre em Buenos Aires que nunca errou uma única previsão em vinte anos de carreira e acaba de ganhar um programa de tevê só seu, em horário nobre. Mas justo na estreia, quando ele comunica que aquela noite será de céu limpo e temperatura amena, desaba uma tempestade de granizo sobre a capital argentina, destruindo carros, ferindo pessoas, matando cães. É o suficiente para o meteorologista ir do céu ao inferno. Passa a ser ofendido por vizinhos e vê seus seguidores sumirem das redes, assim como seu prestígio. Desolado, volta à sua terra natal, Córdoba, para repensar a vida.

Este é um breve resumo de *Granizo*, filme meio cômico, meio sentimental, meio absurdo, que me fez refletir sobre nossa dependência da aceitação dos outros.

No início dos anos 2000, o estudante Mark Zuckerberg fundou uma rede social chamada Facebook e elevou a autoestima de milhões de carentes no mundo. Qualquer ex-colega do jardim de infância passou a ser chamado de "amigo". A plataforma substituiu as valiosas relações interpessoais, mas deixou esta esmolinha: "Olha só quanta gente adora você".

Somos seres intrinsecamente solitários em busca de uma razão para existir, e essa razão pode estar no trabalho, na religião, na família, na política e até no isolamento, desde que o sumiço não seja radical. Não precisamos de uma multidão, bastam algumas pessoas com quem possamos estabelecer, ao vivo, a troca essencial de respeito, escuta e afeto. O problema é que manter laços profundos com um pequeno grupo exige sabedoria e humildade, e já nem todo mundo tem a prática. Sabedoria não se baixa num aplicativo e humildade está em desuso desde os anos 80. É mais fácil atrair um milhão de amigos virtuais e se deixar enganar pela falsa popularidade.

E assim vamos substituindo relacionamentos por "contatos". A cada postagem, estimulamos fantasias a nosso respeito e viramos presas fáceis da bajulação. Até que essa ilusão se esfarela, basta dar uma opinião enviesada ou frustrar uma expectativa. Que golpe para o nosso narcisismo: sermos cancelados por amigos que nunca vimos.

Vou trocar a ironia fina por uma frase de para-choque de caminhão: quem não nos conhece não nos adora. Simpatiza conosco à medida que entregamos o prometido, o previsto, mas no primeiro desapontamento, adeus, amor. Vida que segue.

Granizo é um filme leve, disponível na Netflix, que nos lembra que mais vale se relacionar de verdade com um único parente do que de mentirinha com milhares de desconhecidos. Sabemos disso, mas quem resiste, hoje, a cultivar sua própria plateia? A divertida cena final mostra que a vaidade não poupa ninguém: até os ermitões querem conquistar o coração de estranhos.

8 de maio de 2022

AVALANCHE DE EXISTÊNCIA

Ninguém nasce para uma vidinha besta. Sonhamos em ter pensamentos que nos façam crescer, conversas que nos inspirem a evoluir. Queremos ser abertos às novidades, escutar os outros com interesse verdadeiro. Gostaríamos de acessar os sentimentos secretos de desconhecidos, não para fazer julgamento moral, mas para identificar nossas próprias loucuras. Saber de onde viemos e por que as coisas são como são, a fim de mudar o mundo. Redes sociais nos distraem e, dependendo de quem seguimos, nos informam, mas é pela leitura que começa a revolução de nos transformarmos em alguém que valha a pena.

Aí pergunta o intrigado: mas ler não seria o contrário de socializar? Um isolamento improdutivo, enquanto a correnteza da vida passa lá fora, por trás da janela?

Leio de cinco a sete livros por mês e acho graça de quem se compadece da minha sina: "Coitada, não vive".

Como toda cidadã mundana, vivo regularmente. Trabalho, namoro, viajo, frequento bares, faço exercícios e gasto um bom tempo xeretando no celular, mas ao menos por trinta minutos diários eu grudo em algum livro e, em vez de perder a correnteza que passa por trás da janela, derrubo a parede e inundo a casa toda, meu universo inteiro. Fico encharcada de existência.

Aos onze anos, perdi pai e mãe num acidente de avião. Depois de me aposentar, fundei uma companhia de dança. Sou negra, criada pela minha avó. Tantos anos de batina e nunca havia escutado a confissão de um assassinato. Fui adotado por uma dona de bordel. Passei quatro anos sonhando todas as noites com Leila Diniz, minha ex-mulher. Morei dois anos na Índia e voltei reconciliado com a solidão. Meu vizinho fazia tanto barulho que um dia fui lá e o matei. Atravessei sozinha os Estados Unidos de carona. Ninguém foi tão pirada quanto minha mãe, nem tão poética. Estou ficando cega. Até os dezenove, eu nunca tinha comido um bife. Morei três meses dentro de um aeroporto. Fui estuprada uma manhã, ao sair de casa para correr. Ganhei o Nobel da Paz depois de ficar 27 anos preso. Minha cidade começou a ser bombardeada no instante em que minha família se sentou para jantar. Estávamos em lua de mel quando meu marido revelou que era bissexual. Meu filho mais velho é trans. Fiquei milionário fazendo jingles para um fascista. Me apaixonei por uma mulher casada.

    Cada um de nós tem sua própria história. Seja ela bonita ou sofrida, é insuficiente para uma compreensão vasta do mundo. Para se ter a consciência realmente expandida e empática do que acontece lá fora, para embrenhar-se nos corações e mentes dos estranhos que adoramos condenar à distância, só derrubando paredes. Não há ninguém mais desinteressado pela vida do que o dono de uma estante vazia.

15 de maio de 2022

A MELHOR DROGA DO MUNDO

"Isso me deixa louco... Lou-co!" Repetiu duas vezes a palavras louco com uma inflexão na voz que não deixava dúvida de que ele estava, mesmo, em outro estado de consciência. Manteve os olhos fechados e balançava a cabeça para o lado, em movimentos curtos e ritmados, como se fossem espasmos provocados por um estímulo interno. Era um maestro regendo uma orquestra, sentado na poltrona de sua pequena sala de estar. Escutava Strauss.

O que o deixava louco era a percepção de que seus sentimentos se expandiam, saltavam de dentro para fora, dominando-o. Não se sentia solitário, mesmo vivendo tão só. Sua sensibilidade deixava de ser invisível e impalpável: transbordava. O que muitos sentem através da palavra de Deus, numa missa, ou visitando Machu Picchu, no Peru, ou ainda na sala de parto, durante o nascimento de um filho, ele sentia igual, com a mesma intensidade, sem sair de onde estava.

Era como se estivesse sob efeito de um narcótico. Apartado da miséria da vida, a salvo do vazio da mesmice, protegido contra a banalidade do mundo. Um homem embriagado de beleza e fantasia, mas sem perder a noção de que aquele momento era, antes de tudo, uma experiência real.

É uma droga muito viciante, a arte. A única que não nos enjaula, ao contrário.

As páginas de um livro de Guimarães Rosa. Bailarinos dançando uma coreografia de Deborah Colker. Os murais de Portinari. As fotos de Sebastião Salgado. Benditos todos os "malucos" que nos proporcionam viagens sensoriais, liberdade de pensamento e o êxtase das emoções inesperadas. A arte subverte a castração a que somos submetidos pela rotina dos compromissos. Alivia nossas dores existenciais e nos dá a sensação de que nada poderá nos ferir. A vida é boa enquanto escutamos belas canções, enquanto as cortinas dos palcos não fecham, enquanto circulamos pelos corredores dos museus.

Fuga. Escape. Sonho. É preciso saltar o muro deste nosso hospício diário e ir ao encontro da delicadeza. Esta crônica foi inspirada pelo comovente livro *Esperando Bojangles*, de Olivier Bourdeaut, pelo importante depoimento de Walter Casagrande no programa *Bem juntinhos*, do GNT ("Tive que procurar outra forma de prazer depois de largar as drogas. Açúcar? Não. Teatro. Cinema.") e principalmente pelo meu pai, que sempre fez uso abusivo desse entorpecente mágico, lícito e transgressor, e que agora adotou a música como sua mais constante companhia, aos 85 anos.

"Dizem que sou louco por pensar assim, mas louco é quem...", você sabe. Um viva aos Mutantes, que compuseram a "Balada do louco", em 1972, e a todos os milhões de seres extraordinários que não se contentam com a mediocridade. Que a gente morra tentando capturar o sublime.

5 de junho de 2022

AMOR É O JEITO

Embalada pelo Dia dos Namorados, me veio à lembrança uma cena do clássico *Annie Hall*, de 1977, que no Brasil ganhou uma tradução engraçadinha e comprida demais: *Noivo neurótico, noiva nervosa*. No filme, Alvy, protagonizado pelo próprio diretor, Woody Allen, é um comediante que inicia um relacionamento com Annie, vivida pela graciosa Diane Keaton. Em determinado momento, estão ambos no terraço de um edifício em Nova York e engatam um papo cabeça, numa evidente tentativa de seduzir um ao outro. Enquanto isso, na tela aparecem legendas revelando o que cada um está, na verdade, pensando naquele exato instante. O debate entre os dois é sobre arte, mas Alvy está mais preocupado com outra coisa: "Como ela será pelada?". E Annie parece muito segura de suas opiniões, mas, no fundo, se pergunta: "Será que ele está me achando inteligente?".

Os começos de relação se parecem entre si. As primeiras conversas são uma mistura de entrevista de emprego com campanha de marketing. Fala-se brevemente sobre a família de cada um e logo começa o exibicionismo de um pretenso bom gosto, a fim de encantar os olhos do "cliente": os filmes preferidos ("Godard era um gênio"), as músicas que amamos ("Leonard Cohen, e você?"), os locais para onde gostamos de viajar ("uma pousadinha na montanha me basta"), nossos hobbies ("yoga, leitura, violoncelo") e nossa lucidez ao opinar sobre política, tudo verbalizado com orgulho, enquanto matutamos em silêncio: será que excluí do Instagram aquela minha foto abraçada no Alexandre Frota?

No fim das contas, tudo o que falamos nos primeiros encontros é uma carta de intenções muito bem redigida e pode até ser 100% honesta (médio: você não pisa numa pousadinha há séculos, só se hospeda em *resorts all inclusive*), mas o que vai determinar o sucesso ou o fracasso do relacionamento é e sempre será o imponderável.

Hobbies? Música? Ajudam, mas o que apaixona, antes de qualquer coisa, é o jeito. O jeito que a pessoa tem de andar, de mexer no cabelo, de piscar os olhos. O jeito de falar em um tom tranquilo e maduro, de ser charmoso nos pequenos detalhes, de possuir um universo particular a ser descoberto lentamente. O jeito de beijar, de pegar pela nuca, de ficar sério. O jeito de sorrir, de brincar e de fazer silêncio na hora certa. O que desencanta? O jeito bobo, sem timing, infantil. A piada sem graça, a chatice de quem bebeu demais, a dramatização por bobagens, o ciúme clichê, a falta de humor, a ausência total de subjetividade. Todas as encrencas virão no pacote e poderão, aos poucos, desgastar o idílio amoroso, mas se houver fascínio recíproco, ficarão juntos, mesmo sem entender o porquê. É o jeito.

12 de junho de 2022

IDEAL DE DESTINO

Também acho uma beleza a Torre Eiffel, o Big Ben e a Fontana de Trevi, mas o que mais me encanta na Europa não são as atrações turísticas, e sim o estilo de vida. Lá o transporte público é levado a sério, carro não é símbolo de status. Como os prédios antigos não têm garagem, a população procura se locomover de bicicleta, ônibus e metrô, nos casos em que não dá para ir a pé.

As mulheres não são julgadas pelas suas rugas e estado civil. Envelhecer não é crime e viver sozinha é uma opção tão aceitável como qualquer outra. Alguém que chamasse uma mulher de "mal-amada" seria empalhado e exibido no Museu de História Natural.

A nudez não escandaliza. Nas praias, o topless é considerado uma atitude naturalista, e até nos parques o pessoal tira a roupa sem constrangimento, é uma saudação ao sol. A "Pedalada Pelada" (manifestação de ciclistas nus pela conscientização no trânsito) é vista com bom humor e não espanto. O corpo despido nem sempre está associado ao sexo, desnudar-se em público tem nada de erótico. Está tudo certo, ninguém agride, ninguém reprime.

O ativismo a favor dos direitos dos negros, das mulheres e da comunidade LGBTQIA+ é cotidiano. Até em tapumes de obras vemos frases motivacionais em defesa da igualdade.

Em casas de espetáculos, há painéis de led reforçando o empoderamento das chamadas minorias. O clima é de atenção plena às questões humanistas. Passeata todo dia, toda hora. A rua é um palanque aberto para quem quiser protestar contra o aumento do custo de vida, contra a corrupção, contra os ataques ao meio ambiente. Faz parte da rotina. Livrarias são templos, mesmo as mínimas, especialmente as mínimas. Em muitas delas, os proprietários colocam os livros sobre uma mesa na calçada e o pedestre pode escolher um título que lhe agrade, deixando a quantia que quiser. Sem falar nos músicos que tocam ao ar livre, nos malabaristas, dançarinos, grafiteiros. As cidades são como devem ser: alegres e agregadoras.

As lindas praias do litoral brasileiro atraem muitos turistas, mas até quando viveremos atrasados em relação a costumes que não precisam ser exclusividade de países desenvolvidos? Todas as nações têm problemas difíceis de resolver, os nossos são gravíssimos (fome, violência), mas eliminar a caretice não é tão complicado, depende de prezar mais a cultura do que o dinheiro, mais a educação do que o consumismo. Que Europa é essa que a gente tanto admira lá fora e que não pode ser reproduzida um pouquinho aqui dentro? Não precisamos dar em troca nossa autenticidade, que é preciosa, mas seria um avanço se buscássemos nosso ideal de destino exatamente onde estamos.

26 de junho de 2022

ESQUERDA CAVIAR

Há quase trinta anos escrevo sobre relações humanas, e mesmo a política fazendo parte disso, nunca foi meu tema preferido, mas anda difícil evitá-la. Desta vez foi um leitor, que, num arroubo de originalidade, me chamou de esquerda caviar.

João (te chamarei de João, para não te expor), esquerda caviar é uma expressão usada para acusar alguém de ser socialista e ao mesmo tempo levar uma vida luxuosa, o que seria uma contradição, uma hipocrisia.

Mas a questão não é comer mortadela ou caviar, ser socialista ou capitalista, de esquerda ou de direita. São ideologias diferentes, mas acredito que seus conceitos podem ser flexíveis.

Eu, por exemplo, votei algumas poucas vezes em candidatos conservadores. A maioria dos meus votos foram para candidatos de centro-esquerda. Nunca votei na extrema-direita. Isso diz alguma coisa, mas não diz tudo.

As decisões de um presidente afetam toda a população, só que não da mesma forma. Dependendo das ações que ele tomar, posso ter meus textos censurados ou meu salário desvalorizado pela inflação. Mas, a despeito do que ele faça, a probabilidade de eu ter que dormir em uma calçada ou ser asfixiada dentro de um camburão é nula. Ou seja, tem gente que precisa do governo pelas mesmas razões que eu preciso, e muito, muito, muito mais gente que precisa do governo por razões que eu não preciso. É nessas pessoas, João, que temos que pensar primeiro, porque elas não têm privilégios, não escrevem para jornais, não dão entrevistas. Se ninguém se importar com elas, continuaremos tendo políticos governando só para alguns, não para todos.

Não tenho apartamento em Paris, quem me dera, mas, se tivesse, isso não impediria de me posicionar por um país menos desigual. Não há uma campanha na rua reivindicando a troca do sistema socioeconômico, o que existe é um clamor, vindo de todas as classes, por mais consciência ambiental, por um estado laico, por uma cobrança de impostos mais justa, por responsabilidade pela saúde da população, por investimento em educação de qualidade, esse tipo de coisa. Ninguém supõe que seja possível igualar o padrão financeiro de todos, mas é possível que a distância entre quem ganha mais e quem ganha menos não seja tão indecente. O país se desenvolve quando mais gente estuda, porque aí mais gente trabalha e consome, e a economia cresce. Parece simples (não é), mas um governante tem que ter ao menos o propósito de construir algo nesse sentido. Destruir tudo é moleza.

É isso, João. Feio seria se eu me lixasse para a dor dos outros e pensasse apenas no meu umbigo. A esquerda que você combate é imperfeita, óbvio, mas está longe de ser radical, só busca uma visão mais humanitária da sociedade. Quanto ao caviar, provei uma ou duas vezes. Não é essa coisa toda.

3 de julho de 2022

NÃO É APENAS UMA CASA

Comover-se com a destruição da casa de um escritor parece uma reação elitista, uma vez que a casa de um comerciante ou a casa de uma costureira podem ter o mesmo valor emocional, e têm. Casas são refúgios sagrados. Todos nós, não importa a profissão, criamos nossa história de vida entre quatro paredes. Mas tento traduzir aqui a peculiaridade da situação. Escritores são filhos da solidão. Não conseguem realizar seu trabalho sem ferramentas imateriais como a quietude, as lembranças, a contemplação do universo de um ponto de vista distanciado.

É dentro de casa que escritores encontram a si mesmos, profundamente. A casa nutre seus sentimentos e os preserva dos ruídos, das violências, das interferências que tanto dispersam a imaginação. A casa não apenas protege, mas se confunde com o próprio escritor. É poderosa na evocação daquilo que será transformado em texto. É preciso que o escritor se feche em si mesmo para só então abrir-se em palavras, frases, livros.

Isso tudo soa romântico e fora de moda, eu sei. Escritores hoje anotam suas ideias no celular, durante o trajeto do metrô. Escrevem em computadores, dentro de imóveis alugados, apertados, sem um pátio ou um lago à vista que capture o olhar. Sem nenhuma paisagem que ofereça a eles a beleza e calma necessárias para aprimorar a reflexão, escutar sua voz interna. Escritores são interrompidos de dez em dez minutos pelas chamadas de vídeo e entradas de mensagens. Se desconcentram com o barulho do trânsito, das betoneiras, da obra no andar de cima. São escritores de apartamento.

Ainda assim, a solidão e o silêncio continuam sendo a matéria-prima vital para a realização da literatura. Se hoje não conseguimos ter o escritório dos sonhos – isolado de tudo –, ao menos podemos contar com um abajur com luz cálida, uma mesa sólida que apoie as cadernetas de anotações, um vaso de flores que nos pareça um jardim.

Esses objetos aparentemente insignificantes disparam emoções pessoais, confortam a memória, dão significado à existência, que é a base de lançamento da criação. Quando tudo isso some, desaparece junto a história que o escritor não contou: a história dele próprio, que fica entranhada nas janelas, portas, paredes.

Não sei os pormenores da demolição da casa de Caio Fernando Abreu. Em tudo há interesses diversos, verdades múltiplas. Mas compreendo bem a sensação de luto. Em vez de transformado em local de culto e inspiração, seu retiro pessoal abrigará, talvez, doze andares, cinquenta apartamentos, 130 pessoas entrando e saindo com pressa pela garagem. É a reprise da morte, não só a de Caio, mas a do refinamento, a da arte e a do espírito de um lugar – que falecem todos os dias.

31 de julho de 2022

CONVERSA NA SALA

Todo casamento passa por altos e baixos, e quando termina é uma pequena morte. Apostou-se que aquele amor seria o definitivo, ou que, ao menos, a amizade erótica resistiria firme às provocações inevitáveis do destino, mas algo se quebrou e não há mais o que fazer a não ser tentar ser feliz de outro jeito. Fica a tristeza e a frustração, mas o pior momento acontece antes de a porta fechar com alguém do lado de fora: é quando os filhos precisam ser avisados.

Uma separação sem filhos dói também, mas não igual. Sem filhos, a dor é singular, uma implosão. Havendo filhos, é um castelo de vários quartos que desmorona, não apenas uma torre. Se a separação for litigiosa, precedida por gritos e agressões, o desfecho será um alívio, mas a um custo dilacerante. Se, ao contrário, for uma separação consensual, ficha limpa, sem fissuras visíveis, será menos dolorida, mas nunca descomplicada. Afinal, há inocentes envolvidos – de todas as idades.

Quando meus pais se separaram, eu era uma mulher de vinte anos, já trabalhava, mas diante da ruptura, mesmo que amigável, voltei à infância primária. Caminhei uma tarde inteira sem ter para onde ir, não queria chegar a lugar nenhum. Em trânsito, eu me preparava para a nova história que iria começar, como se eu fosse nascer outra vez. E assim foi, nasci, e voltei a nascer outras tantas vezes nesta vida repleta de mortes pontuais.

Imagino a garotada de oito, dez, onze anos. Apegam-se à fantasia da continuidade, ao conto de fadas universal, à segurança garantida por dois adultos no comando de um projeto de felicidade, até que descobrem que mãe e pai se desiludem, falham, mudam. O "pra sempre" é apenas uma farsa bem-intencionada: o mundo externo atrai nossos super-heróis com desejos subversivos. Ambos fizeram juras no altar, mas não passam de reles humanos, que decepção.

"Queridos, desliguem o computador, deixem os celulares de lado, vamos conversar ali na sala." Tensão. Os pequenos olham para nós, incrédulos, enquanto usamos as palavras mais ternas, prometendo estar sempre a postos e que ter duas casas vai ser divertido, que o amor não sofrerá nenhum abalo. Sim, mas cada um organiza sua desconstrução em silêncio. Hoje a cena parece banal, mas os pais que um dia tiveram esta conversa sabem que é uma tortura: tão dedicados a proteger os filhos do sofrimento, são obrigados a provocá-lo. Atenuante, só vejo um. Que o "pra sempre" deixe de ser uma promessa. Que a eternidade da relação passe a ser vista por todos como uma bênção, não mais como regra. Sem prejuízo ao amor, que, ao assumir-se finito, trocará o romantismo por uma edificação mais sólida – e bonita como só a verdade consegue ser.

28 de agosto de 2022

AS NOVAS CERIMÔNIAS DE CASAMENTO

Quando eu estava na casa dos vinte, tinha festa de casamento a cada mês: meus amigos formavam seus pares com a bênção de Deus na igreja e com a bênção dos Bee Gees no salão de algum clube. Na casa dos trinta, foi a vez das visitas na maternidade. E hoje, infelizmente, tenho encontrado o pessoal em velórios, nas despedidas dos familiares mais idosos.

Ainda bem que os ciclos se renovam: estou voltando a frequentar festas de casamento, desta vez dos filhos dos amigos, aqueles bebês que um dia visitamos ao nascerem. E tudo mudou. Menos solenidade, mais simplicidade. Menos ambientes fechados, mais sítios, jardins, beira de praia. Menos sermões autoritários ("até que a morte os separe") e mais palavras poéticas e divertidas do celebrante, em geral alguém do círculo íntimo dos noivos. Promessas? Claro, enquanto fizerem sentido, não mais um pacto indestrutível. E como muitos casais já moram juntos e até procriaram, não raro são os filhos que levam as alianças do pai e da mãe no cortejo de entrada. Já vi até cães de estimação nessa função, e se saíram muito bem. Fim do mundo? Novo mundo.

Vida em movimento: estamos saindo do que é cerrado e exclusivo, rumo ao que é aberto e inclusivo. Falo de expansão de energia, de bons fluidos contaminando o ar. Foi o que senti num recente casamento realizado à tardinha, numa zona rural, a poucos quilômetros de Porto Alegre. A previsão era de chuva, mas à medida que os convidados iam chegando e se posicionavam no gramado, raios de sol sobressaíram e fiquei pensando que uma celebração que começa ainda de dia é transparente em suas intenções, convoca a luz natural para destacar a largura dos sorrisos e os olhares cintilantes.

As crianças se soltam, os trajes são mais criativos, a música se espalha. As risadas ganham eco, as pessoas se misturam e a natureza não cobra pela decoração: sem paredes, os sentimentos se amplificam. Ninguém fica prestando atenção se fulana está com o vestido adequado, se sicrano deixou a gravata em casa – ao ar livre, somos menos críticos, mais fraternos uns com os outros. Não há lugar marcado.

A noite caiu e teve jantar, pista de dança, mesa de doces – sob teto firme – e tudo continuou belo e despojado. Casamentos (seja um churrasco ou um bufê, um piquenique ou um banquete) são sempre festas felizes. É quando recuperamos a confiança no amor, superando as maledicências e preconceitos. Sabemos que a vida não é um passeio no bosque, mas quando duas pessoas se dispõem a unir-se a despeito de todas as dificuldades que a convivência traz, a gente suspira aliviado: as cerimônias estão diferentes, sim, mas a motivação segue a mesma, como lindamente demonstraram Clarissa e Laura, as noivas daquele fim de tarde em que o céu abriu.

16 de outubro de 2022

SEM MEDO DE ERRAR

A atmosfera política do mês passado não foi a de um spa nas montanhas. Era abrir o celular e vinha artilharia pesada, agressões que abalavam o sistema nervoso. Cada um defendeu sua saúde mental como pôde. A leitura sempre me salva nessa hora, mas em vez de buscar algum livro inquietante, como gosto, me socorri com Buda, já que Deus estava sobrecarregado. Atravessei os dias lendo *Eu posso estar errado*, de Björn Natthiko Lindeblad, um monge sueco que faleceu recentemente, aos sessenta anos.

Aos 26, ele era um economista bem-sucedido, com muitos ternos no armário e voos em classe executiva. Até que se fez a pergunta de um milhão: é isso que eu quero mesmo? A fim de buscar um sentido espiritual para sua vida, largou tudo e aterrissou com sua mochila num mosteiro na Tailândia. Ao se apresentar a um abade, escutou: "Pode ir para o dormitório. Se ainda estiver aqui daqui a três dias, raspe a cabeça".

Foi uma experiência radical de desapego, isolamento e dúvidas – benditas dúvidas, que geram reflexões como a que dá título ao livro: *Eu posso estar errado*. Quantas vezes a gente diz isso para si mesmo? Duas a cada cem anos.

Ele aconselha usar a frase como mantra para momentos de tensão, situações de enfrentamento, discussões virulentas. Pense: "Eu posso estar errado". A paz, subitamente, cai do céu.

Fui criada para acertar, para nunca me desviar do que é correto. O que é ótimo, mas lá pelas tantas o acerto ganhou um status exagerado, a coisa foi ficando militarizada, reprimiu a espontaneidade. Ora, errar faz parte do crescimento. As pessoas se enganam, brigam, falam sem pensar, magoam, pedem desculpas, e assim, aos tropeços, vai se construindo uma identidade mais verdadeira, que se reconhece complexa, não perfeita.

Ninguém sabe tudo, ninguém acerta o tempo todo – os fortes são os primeiros a reconhecer. Já os fracos se apegam a discursos laudatórios autorreferentes e a uma rigidez cuja única função é disfarçar sua vulnerabilidade. Se declaram acima dos mortais e ficam lá no topo, sozinhos. Este é o isolamento fatal.

Não sou rigorosa com os outros, mas comigo sempre fui tirana, não me permitia falhar. Ainda me permito pouco: sou exemplar cumpridora de tarefas, atenta, educada e tudo o mais que se preza. Mas erro feio – comigo – ao não relaxar diante de eventuais vacilos e por me exigir o que não exijo de ninguém.

Lidar com o erro de forma tranquila nos torna pessoas menos obsessivas, portanto, menos chatas, o que é uma contribuição para a paz mundial. Então, vamos em frente buscando a eficiência possível, mas aceitando que a perfeição é um delírio e que a nossa verdade nem sempre bate com a verdade do outro. Fazer o quê? Respirar fundo. Aqui mesmo, que a Tailândia é muito longe.

6 de novembro de 2022

PERNAS PRA QUE TE QUERO

Já quis ter olho claro, rosto largo, nariz menor, isso aos treze. Muitos aniversários depois, eu queria ter menos celulite, barriga chapada, nenhum sinal de expressão em torno da boca. E passaram-se outros tantos anos, até entender que, se eu não estava disposta a fazer nenhuma intervenção estética, que parasse de pirar. Passei a tratar do que importa: me alimentar direito, usar protetor solar, cuidar dos dentes, maneirar no vinho e continuar caminhando uns dez mil passos por dia.

Caminhar é minha obsessão – ainda não diagnosticada como transtorno. Bastam sessenta minutos, fones de ouvido e o par de pernas que me coube.

Compridas, bem torneadas, minhas pernas nunca entraram na lista das minhas insatisfações, sempre deram para o gasto, mas agora estão recebendo atenção plena. São meu investimento a longo prazo. É delas que precisarei até 2061 – nenhuma garantia de que eu chegue lá, mas andar com fé eu vou.

Há um ano, venho fazendo treino de força com um profissional que já conseguiu tonificá-las; daqui para frente, é manutenção sem descanso. Nesta fase da vida, tudo o que preciso é de pernas firmes. Passadas sólidas. Agachar. Sentar. Levantar. Pedalar. Correr – não por esporte, mas para escapar dos motoristas que não desaceleram diante da faixa de pedestre.

Subir as ladeiras de Ouro Preto. Descer a escadaria da Sacré Coeur. Cruzar Roma de bicicleta. Ir do Leblon ao Arpoador pelo calçadão. E, na volta, desembarcar do avião no aeroporto Salgado Filho, até chegar à esteira de bagagens: só aí, dá uns dois quilômetros. Desfilar numa escola de samba. Chutar uma bola que apareceu do nada. Nadar. Me equilibrar em cima de uma prancha de stand up paddle. Dançar com ele. Dançar sozinha na sala como se estivesse no clipe de fim de ano da Globo. Saltitar durante a música escolhida para o bis do show, que nunca é lenta. Aplaudir de pé as peças que me arrebatam (e as que não arrebatam, por educação). Aplaudir de pé Fernanda Montenegro só de vê-la atravessar a rua.

Percorrer os corredores do supermercado. Aguardar na fila de autógrafos do meu autor favorito. Descer até a portaria do prédio para pegar a pizza. Passear com o cachorro. Ficar na ponta dos pés para alcançar o livro na prateleira mais alta da estante. Sexo precisa de pernas? Lembrei, costumam ser úteis.

Tem uma garotada que se estressa com rugas inexistentes e surta diante do espelho por besteira, sem perceber que nada será mais valioso, ali na curva do tempo, do que a autonomia. Muitos cadeirantes são mais ativos que a turma dos sedentários. A geração millenium é rápida na digitação, mas está sempre sentada, deitada, cansada. Eles acessam a vida nas telas, quando bastaria abrir a porta de casa e sair.

13 de novembro de 2022

O VESTIÁRIO JAPONÊS

Um evento do porte da Copa do Mundo tem sempre mais a mostrar do que a bola rolando. Nem tudo o que importa acontece dentro do gramado, ante as câmeras e os holofotes. Pode-se marcar gols em pontos diferentes do estádio. É o caso da seleção japonesa, que estreou com uma vitória inesperada sobre a Alemanha, um feito de arregalar os olhos, mas deu show mesmo foi no vestiário. Até a FIFA se impressionou.

Ao término da partida contra a seleção alemã, os jogadores japoneses voltaram para o vestiário, tiraram seus uniformes, dobraram, guardaram, devolveram os cabides a seus lugares e, a julgar pela foto do local, também lamberam o chão, escovaram as paredes, passaram um pano nos armários. Mesmo esgotados pelos noventa minutos em que correram, suaram, driblaram e marcaram em campo, sobrou energia para deixar a sala onde guardaram seus pertences igualzinha a uma locação de propaganda de material de limpeza. Cheguei a pensar que eram patrocinados pelo Pinho Sol e não pela Adidas.

Nas arquibancadas, viu-se o mesmo comportamento, como se fosse uma ação orquestrada. Assim que o juiz apitou o final da partida, os torcedores japoneses comemoraram do jeito que sabem: sem exaltação frenética, e sim com as boas maneiras que trouxeram de casa. Recolheram copos, garrafas, embalagens e colocaram tudo em sacos de lixo. Estaria havendo uma competição paralela no Catar? Se a disputa for pelo povo mais bem-educado, nem precisamos chegar ao domingo 18 de dezembro para saber quem levanta a taça.

Isso tudo faz lembrar o famoso discurso que um ex-almirante da Marinha americana, William H. McRaven, fez em 2014: "Se você quer mudar o mundo, comece arrumando sua cama pela manhã".

Infelizmente, em sociedades escravagistas como a nossa, a tendência é pensar que não precisamos fazer pequenos serviços quando há gente sendo paga para fazer por nós. Os japoneses baniram oficialmente a escravidão em 1590, o que explica, em parte, seu avanço exemplar. Os Estados Unidos, em 1865. O Brasil, o último da fila, em 1888 – datas para registros em livros de história, pois sabemos que se a mente continua intoxicada pela ideia de que a sociedade é dividida entre pessoas superiores e inferiores, a exploração não cessará nem hoje, nem nunca.

Portanto, juntemos o cocô que nosso cachorro fez na calçada, já que a rua é de todos e não só de alguns. Coloquemos no bolso o papel de bala que largamos displicentemente no chão do estádio, lavemos o prato da pipoca e o copo de cerveja que deixamos sobre a pia, entre outras oportunidades diárias de fortalecer nosso caráter. São os gols que qualquer um de nós pode marcar, em vez de apenas se sentar em frente à tevê para assistir aos gols dos outros.

28 de novembro de 2022

SE EU QUISER FALAR COM GIL

Todo assunto se torna pré-histórico em 24 horas, mas gostaria de voltar ao episódio em que Gil foi atacado verbalmente no Catar. Replay: ele estava no estádio para ver o jogo de estreia do Brasil e um estranho lhe disse as besteiras de sempre sobre a lei Rouanet, até que, quando Gil passou pelo sujeito, em silêncio, sem revidar, foi chamado, em alto e bom som, de filho da puta. Peço desculpas por transcrever o palavrão, mas a intenção é reproduzir a agressividade como se deu.

Teve quem não entendesse a repercussão. Ué, as pessoas não ofendem a Regina Duarte? Não lembro de alguém ter dito a ela, cara a cara, algo nesse nível – e ainda gravar e postar. Se aconteceu, repudio também. Sou contra insultar pessoas dentro de aviões, restaurantes, hotéis. Causar constrangimento público é uma baixeza. Mesmo que a figura seja deplorável, podemos nos manifestar através do voto ou nos tribunais, vaiar durante um comício ou espetáculo, escrever o que pensamos em nossos perfis nas redes. Jamais interromper com violência o almoço dessa pessoa em família ou seu direito de ir e vir.

Um dia, voltaremos a valorizar a boa educação, mas quando? A virulência das palavras tem substituído as argumentações. Dizer o que bem entende ganhou status de autenticidade – cortesia do antigo governo e do mundo virtual, esse ringue que começa a se espalhar pelas ruas das cidades.

Mas com o Gil, alto lá. Gil não é apenas autor de canções fenomenais, um imortal da Academia Brasileira de Letras, um homem de oitenta anos que, a despeito de toda sua contribuição à cultura, ainda formou uma família inspiradora (assista à série *Em casa com os Gil*). Não é um destrambelhado, uma pessoa polêmica, um sujeito imoral. Gilberto Gil é um dos homens essenciais do país. Basta um único brasileiro desrespeitá-lo para que falhemos como nação.

Ninguém é obrigado a gostar de sua arte ou posicionamentos, mas, com um mínimo de sensibilidade e informação, percebe-se quando uma trajetória é digna. Gil é inatacável. Um homem suave, que divulga nossa música para o planeta, que nos incentiva a amar. Um poeta. Um baiano. Um negro. Um brasileiro raiz. Um homem com inteligência serena, de olhos ternos e mente larga, apaixonado pelas palavras, encantado pelo pensamento, que faz parte de uma turma de gênios que não viverão para sempre, e nós somos contemporâneos dessa referência, era para cairmos de joelhos à sua frente. São raros os deuses possíveis, visíveis, humanos.

Não foi um caso isolado, Fernanda Montenegro já sofreu estupidez semelhante. O Brasil perdeu parâmetros básicos, passou a desprezar sua riqueza intelectual, vem desgastando seus alicerces mais sagrados. Um fiasco que é preciso combater, ou se tornará vegetativo, um país que vai dar em nada.

11 de dezembro de 2022

GOLEIROS

Sempre torço pelo goleiro, o homem elástico que se estica para cima e para os lados. Roça os dedos na bola e se estatela no chão sem quebrar a clavícula. No susto, se agiganta, defende com o peito, com o ombro, com a barriga, com a coxa, é todo ele uma parede. Torço por quem não ataca, é atacado. Não é o maior salário do time, nem a estrela do comercial de cerveja ou o garoto-propaganda do banco. O goleiro é o Ringo Starr do gramado.

Torço pelo goleiro porque é único, tem um uniforme só para ele e um treinador também. Não pode "sair da casinha", se afastar do trio de traves que o circundam, e é por suas limitações que poderá vir a ser um transgressor: quando seu time precisa fazer um gol de qualquer jeito no minuto final da partida, o goleiro desatina, abandona o posto, dispara lá do outro lado do campo para ser mais um a tentar cabecear no escanteio terminal. Quase nunca funciona, mas o espírito de coletividade dá uma sobrevida à nossa esperança, a fé da gente dura até a próxima Copa.

Torço pelo goleiro, mais que tudo, pelas dramáticas decisões por pênaltis. Depois de 120 minutos que não adiantaram pra coisa nenhuma, a vitória dependerá apenas da concentração de quem chuta e da sorte de o goleiro saltar para o lado certo – tirem os cardíacos da sala. Pois torço até para o goleiro adversário: que ele tenha seu momento de glória, levante o estádio, vibre com o seu solo, esqueça a humildade.

Já estive a onze metros do crime, na marca do pênalti. O jogador profissional que chuta a bola para fora ou na trave só pode estar muito nervoso ou desfocado. Que brilhe, então, o arqueiro, o arquétipo, e orgulhe a família inteira. Mesmo quando não toca na bola (apenas se safa com o erro do outro), merece socar o ar para comemorar o gol desperdiçado.

Torço por ele como torço pelos alegres times africanos, que parecem jogar pelo prazer do esporte e não pelo patrocínio e por contratos rentosos: jogam pela emoção, pela farra e pela mãe. Ainda se vê ali o espírito das peladas de várzea, das arquibancadas de madeira, dos chinelos fazendo as vezes de goleira (mal desviei do assunto e já atrasei a bola para o goleiro outra vez). Eu sei, não existe amador nesse universo, amadora sou eu falando de futebol, mas não é sobre futebol, é sobre humanidade, tenho um fraco por homens e mulheres que são vistos como coadjuvantes e batalham para provar seu valor, torço pelo goleiro como quem torce pelo mais magro no boxe, pelo maratonista que está desidratado, pela estudante bolsista, pelo menino tímido do baile, torço pelos goleiros como quem torce pela ideia audaciosa que a estagiária apresentou na reunião, pelo livro de estreia de um poeta, pela menina que trocou de escola e não conhece ninguém, torço pelos que agarram as bolas violentas e as devolvem para a vida, suavemente.

18 de dezembro de 2022

TODO SANTO DIA

Cada vez que você acompanha sua mãe na consulta ao médico, que explica de novo para seu pai como enviar fotos pelo WhatsApp, que convida seu avô para uma partida de xadrez, é Natal. Basta uma gentileza, uma atenção, e você promove o ordinário a sagrado. E você achava que um Natal por ano era suficiente, que jamais sobreviveria a dois. Pois você vem sobrevivendo a vários.

Já não carrego dinheiro vivo comigo, mas às vezes saco algumas notas, a fim de ajudar quem está passando necessidade na rua. Outro dia dei vinte reais para um senhor parecido com o Keith Richards, e a semelhança terminava aí. Ele me disse: obrigada, hoje vou conseguir almoçar. Era uma manhã de quarta ou quinta-feira, talvez sexta, tanto faz. Anoiteceu e o sino gemeu.

Todo santo dia, você faz alguma coisa legal. Alguma coisa Natal. Empresta o livro que mais ama para alguém que talvez não vá devolvê-lo. Vai buscar um amigo no aeroporto, mesmo ele dizendo que não precisa se incomodar, que ele pode pegar um Uber. Fica com a chave do apartamento da vizinha e entra lá para alimentar o gato, enquanto ela não volta de férias. Dá uma carona no seu guarda-chuva para alguém que saiu sem conferir a previsão do tempo. Aceita o folheto que o menino entrega no sinal, para que ele sinta que a tarefa dele tem valor.

O Natal não é um dia santo para todos. Nem todos creem, ou rezam, ou se comovem, para muitos é só peru, sarrabulho e pacotes embaixo de uma árvore artificial, forçando sorrisos igualmente artificiais. Mas todo santo dia a gente pode tentar acertar no presente.

Até mesmo sozinho em casa, isolado. Poderá ser o dia especial em que você decidirá perdoar a indiferença de alguém que nunca se importou com seu sentimento. Poderá ser o dia que você desistirá de culpar um parente por sua limitação. O dia que você abrirá um vinho e se despedirá serenamente de um amor que se foi, sem tentar retê-lo. O dia que você apagará a postagem ofensiva que fez contra uma pessoa que apenas discordou de você. Longe de mim causar pânico, mas nós podemos festejar uns dez Natais por dia, todo santo dia. E aguentamos sem reclamar, nem nos damos conta, afinal, não são feriados, e sim dias úteis – dias em que *nós* somos úteis. Dias banais em que, com uma merreca de gesto, a gente atenua a sensação de inferno e deserto que dilacera tanta gente.

Todo santo dia é Natal, qualquer dia de janeiro, abril, agosto pode trazer o espírito deste Natal badalado de 25 de dezembro, com a vantagem de não serem datas dispendiosas, obrigatórias ou repetitivas. De jeans e camiseta, com o cabelo ainda molhado, é quando trocamos alguns regalos com o universo.

25 de dezembro de 2022

COM *H*, Y E SEM ACENTO

Atriz Lilia Cabral arranca elogios por onde passa, mas quase nunca dão a mesma atenção à grafia de seu nome. A cada dez citações, nove a nominam como Lilian, com este *n* intrometido no fim. Lilia não é novata, está em evidência há anos, qual a dificuldade de escrever seu nome corretamente? É a armadilha da livre associação. Se a grande atriz Lilian Lemmertz tinha o *n* finalizando seu nome, por que a Cabral não teria? Lilian Pacce, Lilian Celiberti, Leno e Lilian. Por dedução, não existe Lilia e vamos em frente que há assuntos mais sérios a tratar.

Sempre há assunto mais sério a tratar, mas errar a grafia de um nome soa como desprezo, um "não estou nem aí" que ofende o ego, sempre tão sensível. Já recebi puxões de orelha por algumas distrações cometidas, até que passei a me concentrar na questão.

Fila de autógrafos. Qual o seu nome? Stephany. É como eu escreveria, mas pode ser Stefane, Stefany, Esttephani, assim como Tatiane pode ser Thatyane, Tatheani, Tathianne e Nícolas pode ser Nichollas, Níquolas, Nikollas. Fazer o quê? Chutar? Não é a solução mais simpática, melhor pedir gentilmente para que o leitor soletre. Está aí a explicação para as sessões de autógrafos se arrastarem por horas quando não há o papelzinho com o nome do leitor dentro do livro. E você achando que era por causa da popularidade do autor.

Ninguém gosta de ver seu nome adulterado, mesmo que seja por um acento sobrando ou faltando. Ou por um pronome que muda seu gênero. Sra. Nadir ou Sr. Nadir? Recomendo checar antes de sobrescrever o envelope.

O nome é parte fundamental da nossa identidade, a primeira informação que recebemos sobre nós mesmos e a primeira que fornecemos a estranhos, a fim de sermos introduzidos ao fabuloso mundo da socialização. Hoje somos oito bilhões no planeta e não há nomes exclusivos para todos, somos obrigados a compartilhar nossa marca pessoal com outros tantos. Por isso, entendo que papi e mami nos registrem com algum detalhe "charmoso" para nos diferenciar – o diabo é que só complicam. Poucas pessoas conseguem dizer seu nome sem adicionar a observação: Elizza com dois *z*. Thalles com *h* e dois *l*. Walkyrya com *w*, *k* e dois *y*. Não é preciosismo, são os detalhes tão pequenos de nós todos. No meu caso, "Martha com *th*" virou praticamente um nome composto.

Se o Brasil tivesse ganhado a Copa, os berçários teriam recebido inúmeros Richarlison (um único *s*), Antony (sem *th*), Alisson (um *l* só), Rodrygo (com *y*) e Raphinha (com *ph*). No que concluo: não custa a gente se informar antes de escrever um nome próprio. Até uma Maria pode ser Mharia, até um João pode ser Juão.

8 de janeiro de 2023

DANE-SE O SORVETE

Você chega na cidade em que nasceu, se hospeda na casa da sua irmã e vai até o supermercado comprar alguns ingredientes para o jantar. Aproveita para comprar sorvete, que sua irmã incluiu na lista, e fica feliz de poder fazer essa gentileza a ela, uma retribuição pela acolhida.

No corredor do super, encontra um ex-namorado, seu primeiro grande amor, com quem teve um relacionamento vinte anos atrás e cujo desenlace deixou alguns fios soltos. Depois de uma vacilante troca de palavras, ele te convida para um café. Seu marido e filhos estão lá na cidade onde você mora, a quilômetros de distância. Ora, é só um café.

Esse é o início do filme *Blue Jay*, disponível na Netflix. Quando a personagem aceitou o convite, a primeira coisa que pensei foi: o sorvete vai derreter. A segunda foi: por que raios fui lembrar do sorvete?

Apesar de já ter feito progressos, ainda tenho muito a evoluir no quesito "vou pensar em mim e que o mundo se exploda", também conhecido, afetuosamente, por "foda-se". É uma questão cultural que herdei de casa. As amigas da minha mãe sempre contavam, entre gargalhadas, a longínqua ocasião em que elas propuseram um programa de última hora, sem chance de planejamento, e minha mãe respondeu: "Mas hoje é o dia em que troco os lençóis".

Esse foi o cenário da minha infância. Sair da rotina, repentinamente, atendendo ao apelo excitante da vida, era algo que perturbava. Desconsiderando o exagerado exemplo dos lençóis, acho que perturba muitas outras pessoas também. Ainda mais quando o apelo está relacionado a amor e sexo. Cada hora continua tendo os mesmos sessenta minutos que tinha no século XVIII, mas a impressão é que a vida tem passado feito um rato na sala, como dizia o saudoso Domingos Oliveira. Um dia somos adolescentes, no outro estamos debatendo a menopausa. Nem todo mundo encontra ex-namorados dentro de supermercados, mas a cena serve como metáfora: há momentos que exigem um confrontamento com as escolhas que fizemos, que nos colocam cara a cara com aquilo que preferíamos não remexer. É típico do destino: às vezes ele troca de lugar as peças do tabuleiro só para nos pegar de surpresa, a fim de testar nossa coragem, curiosidade e abertura para saltos sem rede, o velho e conhecido "ver qual é". Quantas vezes você evitou se jogar? Apego à rotina também?

 A renúncia de viver aquilo que tem potencial para nos desacomodar costuma ser um bom plano de previdência, uma garantia de futuro tranquilo, mas não demorará até que o olhar opaco denuncie a covardia. Você concorda que os relógios entraram em desacordo com o tempo e aceleraram os ponteiros? Você mal acordou e já é quase noite? Então deixe para trocar os lençóis amanhã e danem-se os sorvetes.

22 de janeiro de 2023

PRESENTE E PERPLEXA

Quando revejo minhas fotos de viagem, dá vontade de reprisar a experiência, estar lá de novo – mas não estou. Talvez volte um dia, quem sabe? Ao rever fotos das minhas filhas quando tinham nove e quatro anos, a mesma coisa: duas doçuras sob meu constante cuidado, ainda não me questionavam, eram só abraços sem críticas e infinitas gargalhadas, que talvez se repitam quando eu estiver velhinha e elas menos implacáveis. Será? Passado e futuro costumam ser apreciados à distância. Confortam, mas não provocam o impacto que este exato instante me entrega. Perplexa, mesmo, estou agora.

Não me perco no que foi e virá. Aqui é onde estou inteira, sem me fragmentar. É do que faço e sinto – neste átimo – que extraio o melhor do tempo.

Se hoje é quinta-feira, então é quinta, e não o último sábado nem a próxima segunda. Se chove, é chuva que cai, aguaceiro necessário para o plantio ou violento para quem está na rua, mas nada há que se enfrentar senão a chuva. Se é manhã, não é outra coisa: dez horas e trinta e dois minutos, nem antes, nem depois.

O beijo de ontem deixa um gosto mais na memória do que na boca. O beijo que virá ainda é uma ilusão. Se estou beijando, beijo. Não fico pensando na solidão da qual escapei ou em um compromisso que talvez se estabeleça. Me dedico àquele beijo único.

A vida é sempre súbita, daí seu valor e encanto. Mesmo diante de um súbito silêncio, uma súbita perda, um súbito nada, é nesse vão que se calhou de estar. Se tentarmos fugir, levaremos pendurada a dor não vivenciada.

Não me preocupo com o fim do mundo. É uma previsão que nunca se cumpre.

Cada minuto contém sua eternidade. Cada olhar é uma inauguração. O presente é sempre pontual, nunca se atrasa nem se demora. É onde estão as coisas verdadeiramente ditas e sentidas, sem o acompanhamento de relatórios, interpretações, post scriptum.

Será que vai ter vaga para estacionar? Será que falei alguma bobagem? Perguntas que só servem para nos tontear.

Preservo lembranças, mas não moro lá atrás. Projeto futuros, mas não moro lá adiante. A ressaca depois de uma noitada forte ou o frio na barriga de véspera – ambos fazem parte do momento presente, sensações providenciadas pelo ontem e pelo amanhã, intensificando o que temos em mãos agora.

Sentada no sofá da sala, é onde me acomodo. Se entro no banheiro, esqueço onde fica a cozinha. Em trânsito, durante um voo, aterrisso dentro de mim. Aprendi a me transformar num lugar seguro.

O desejo é vital, desde que não nos disperse. Talvez nunca mais a vida seja tão boa quanto foi, quem sabe dias melhores virão, mas confio que a intensidade da vida não está vagando por onde não estou.

5 de março de 2023

TODOS FICARÃO BEM

Quando eu ainda engatinhava nos assuntos amorosos, testemunhei uma conversa entre duas mulheres experientes: uma delas estava determinada a encerrar um longo namoro, mas sofria pela dificuldade em colocar os pingos nos is. A amiga dela, em vez de dizer "vai lá, resolve isso de uma vez", apenas a consolava por seu desconforto. Eu, aos vinte e poucos anos, já tinha levado o meu primeiro fora, um rompimento dilacerante, então não estava entendendo nada. Por que tanta angústia se a decisão era dela? Quem sofreria mesmo seria o infeliz a ser descartado. Levantei essa hipótese, e a mulher que queria sair da relação me disse: preferia mil vezes que ele terminasse comigo. Quando a gente toma a iniciativa, sofre bem mais.

Hum. Outra Irmã Dulce. Eu compreendia que ela estivesse sofrendo antes do desfecho, ninguém sente prazer em magoar quem já amou. Mas, uma vez disparada a sentença, resta espalmar uma mão na outra, missão cumprida. Quem vai precisar juntar os cacos é o coitado que foi pego de surpresa pelo cartão vermelho.

Pois o tempo passou, vivi algumas separações, cada epílogo com seu enredo, e entendi, por fim, que todos os envolvidos sofrem neste momento, e que talvez aquela mulher tivesse razão: assumir a responsabilidade de um desenlace é tão violento quanto ser surpreendido pela ruptura. O papel de algoz nunca é fácil, a não ser nos casos em que o dispensado aprontou demais. Mas se o motivo do rompimento for desgaste, incompatibilidades ou um novo amor que surgiu, é duro interromper o fluxo e desestruturar alguém que ainda acreditava na eternidade da história.

Esse longo preâmbulo para chegar na parte que importa: todos ficarão bem. Isso não diminui a culpa de quem resolve partir, nem o desespero de quem fica, mas é certo como a ressurreição de Cristo: ninguém morre de amor. O enlutado encontrará outra pessoa, e quem cortou o laço, também. Uma boa notícia em meio a tantas frustrações: mulheres e homens se recuperam, se regeneram, encontram saídas, refazem suas vidas. Poderá sobrar uma feridinha mal cicatrizada lá no quarto dos fundos do coração, talvez se opte por uma solidão voluntária e vitalícia, mas o tempo é incansável em sua caminhada, não se sensibiliza com os desastres cotidianos e oferece sempre outra chance – ou várias. O que se faz com elas, é da escolha de cada um, mas o cardápio da vida continuará aberto diante da freguesia. Um consolo para quem foi deixado e anda encharcando o travesseiro, sem acreditar que irá amar de novo. Já quem está com as malas feitas, mas reluta em dar o adeus fatídico, que não protele tanto e aja: por mais difícil que pareça, está oferecendo um presente a alguém que apenas ainda não sabe o quanto ficará grato por isso um dia.

9 de abril de 2023

lepmeditores

www.lpm.com.br
o site que conta tudo

Impresso na Gráfica COAN
Tubarão, SC, Brasil
2023